二見文庫

母の寝室

館 淳一

目次

母の寝室

プロローグ

暗い部屋だが、その部分だけ明るい。天井からスポットライトの光が円形に床に落ちている。それにしても高い天井だ。

何かのスタジオを思わせる作りで、床は板張り、周囲の壁はコンクリートの打ちっぱなし。ひどく殺風景だ。

スポットライトの光に浮かびあがるのは裸の女だ。黒いストッキングをガーターベルトで吊っている。身に着けているのはそれだけ。

年齢は二十代半ばだろうか、どちらかといえば痩せて、鎖骨やあばら骨が浮いて見えるような細い体型。

彼女は後ろ手に拘束されている。黒革製の手錠が手首に嵌《は》められているのだ。

その姿で股をいっぱいに広げて跨《また》がる姿勢をとらされている。男の膝だ。

全裸の、でっぷり肥った中年男が肘掛け椅子に浅く腰かけている。両足はやや開き気味で、女は背を向ける形で、彼の下腹部に屹立《きつりつ》する肉の槍ともいうべき器官によって子宮までふかぶかと貫かれている。

細面の顔面は汗と涙で濡れ、頰には黒髪がべっとりと貼りついて容貌を判別しにくくしているが、薄幸の面影はあるものの化粧はほとんど剝《は》げてもなお、美人だと分かる顔立ちである。

その口には黒い布が押し込まれている。どうやら剝ぎ取られたパンティを丸めたものらしい。即席の猿ぐつわだ。床の周りをよく見ると、ブラジャーやら他の下着、靴、ドレスの残骸のようなものが散らばっている。

「おい、島村《しまむら》よ、やってみてくれ」

五十代にはなってるらしい、頭はかなり禿げて残った頭髪を一九分けにしている肥満男が、言葉を口にした。彼の体と顔にも、映画好きの人間にはヒッチコックを思わせる特徴が感じられた。

「はいはい、山田《やまだ》さん」

返事をしたのはスポットライトの光輪から外れた闇の部分にいる男だった。

暗がりのなかで片膝をつくようにして床にかがみ込んでいた男が何かを取り上げた。燭台だった。赤い、太めの蠟燭《ろうそく》が刺さっている。

男は肥満男より瘦せて、年下で——三十代後半といったところか——苦味ばしったハンサムな顔立ちだ。彼は裸ではない。白いタオル地の、裾の短いバスローブを纏《まと》っている。当然ながら素足だ。下着は着けていないようだ。

男はロープのポケットからライターを取りだした。ダンヒルだ。それを用いて蠟燭に火を点す。

「さあて、鞭のお次はおまえの大好きなやつをくれてやる。思いきりよがれよ」

島村と呼ばれた年下の男は二人の男女の体重を支えている肘掛け椅子の右横に立ち、燭台を目の高さに差し上げた。

「……」

女の顔が恐怖にひきつり、目が大きく見開かれた。

溶けた熱蠟のしずくが丸い乳房の上に滴り落ちた。赤い蠟涙《ろうるい》が白い肌に飛び散り貼り付く。

「う、ぐあううう！」

肥満全裸男の腿に跨がらされている女体が、ビクンとうち震えた。まるで目に見えない鞭にひっぱたかれたように。スポットライトの光のなかに汗のしずくが無数の宝石粒のようにきらめきながらふり撒《ま》かれる。

女は絶叫したのだろうが、口に押し込まれた下着が効果を発揮して、悲鳴はかなり減殺されているが、それでもすさまじい苦痛を味わったことが、瞬間、大きく見開かれた目から眼球が突出したことで分かる。

ギシギシ、ガタガタという音は女が暴れたために肘掛け椅子の足が板張りの床で跳ねたからだ。

「おお、いい、いいぞ。ぐぐッと絞まる。今まででー番いい」

肥満男が背をのけ反らせ、目を輝かせ、嬉しそうな声をあげた。責められる女の膣が熱蠟を浴びたショックで激しい緊縮をみせたからだろう。

「そうですか」

「そのまま続けてくれ」

「はいはい」

今度はもう一方の白い隆起に熱蠟が浴びせられた。

「ううぐー、うー……ッ！」

また黒髪が宙に舞う。汗が飛び散る。

「ああ、うう……これはいい」

自分の腿の上で暴れる女体を後ろから抱いたのは、跨がった女が横ざまに倒れそうになったからだ。それでは柔肉に打ち込んだ男根が抜けてしまう。

「そうでしょう。いろいろ試しましたが、この女が一番、よく反応するんです」

「確かにそうだ。おお、ぐいぐい締めつける。極楽とはこのことだ」

肥満男が快楽に呻き、吐息をつく。

「ところで山田さん、御前《ごぜん》の件ですが」

年下の男が言うと、目を閉じていた肥満男がギョロリと目を剝いた。かなりの金壺《かなつぼ》眼《まなこ》である。どこから見ても品性のかけらも感じられない、ただ淫欲だけにどっぷり浸《つ》かって快楽だけを貪ろうとする、卑しさの極まった男の悪相だ。

「うむ、こんな時に何の話だ？」

「御前はこういう女はいかがですかね。献上してもよろしいんですが……」

「昔だったらこういうマゾ女も効き目があったかもしれんが……」

肥満男は後ろから抱いた女の体を、持ち上げては落とすようにした。自分の体重によって子宮を突き上げられる女が呻き、頭を左右にうち振り、白目を剝くようにした。

激しい刺激を覚えている。

「島村よ、最近はな、御前の趣味はちょっと違ったほうに向いている」

「どっちのほうなんですか？」

「ひとりじゃダメなんだ」

「なんだ。二人でも三人でも好きなだけ用意しますが」

「そうか？　でも難しいぞ」

自分も腰を突き上げるようにしながら後ろ手錠をかけた裸女の肉を楽しむ肥満男。

女の二つの乳房は、両方とも上半分は蠟に覆われてしまった。

「どういうふうに難しいんで？」

「ひとりは熟女だ。まあ四十前後だな。それも、なまなかの女じゃダメだ。絞ればうまい汁がダラダラ流れるような女でないと」

「お安いご用ですよ」

「もうひとりが問題だ」

「そっちは若い子なんで？」

「ああ、若い子だ。だが女じゃない。男の子だ」

「男の子？」

バスローブの男がグイと目を剝いて燭台を動かす手を止めた。

「そうだ。しかも、その女の息子でなきゃダメだ」

「息子……」

呆然とした様子で立ち尽《つ》くす島村。

「要するに御前は、母親と息子がセックスするのを見るのが好きなんだよ。前からその趣味はあったようだが、今はもうそれ一本槍」

「へええ、そういう趣味でしたか……。それは確かに刺激的でしょうが」

「そういうのでなきゃ、昂奮しなくなったんだろう」

「もうあれだけの齢だから分からない気がしないでもないですがね。やりたいことはやり尽くしたんでしょう。そうなると鬼畜に走る」

「鬼畜か……。そうかもしれんな。おれもそういう親子探しを頼まれてるんだが、なかなかうまいのは見つからないもんだな。いくら金を積んでもな」

「見つけて献上すれば、覚えはめでたくなりますか」

「それは間違いない。そういう手土産があればおれも御前におまえを推奨しやすい」

まだ火のついた蠟燭を手にしている男の目が、炎を反射してギラリと輝いた。

「そうですか。じゃあ探してみますよ」

「簡単じゃないぞ。ニセの親子じゃダメだ。実際に血が繋《つな》がってなきゃ。なにしろDNA鑑定まで要求されるんだから」

「DNA……。そこまでやるんですか？」

「そりゃそうだ。一度、赤の他人を親子にして演技でダマそうとしたやつがいてね、やはり御前の金と利権が目当てだったんだが、バレてしまった。そいつら今はどうなってることやら……考えたくもないわ。御前をボケ老人だと舐めてかかって、ダマそうなんて考えないほうがいいぞ」

「考えませんって……。いやね、そういう親子を探すのに、まんざら心あたりがないわけでもないんで」

「誘拐するとか、やばいことは御前は嫌われる。金は払ってくれるが暴力で強制したりとか、警察沙汰になりかねないのはダメだ」

「ええ、ええ。荒っぽいことは私も好きじゃないです。山田さん、ご存じですかね、夢見山《ゆめみやま》を仕切っている真坂《まさか》という男……」

肥満男は金壺眼をグイと剝いてみせた。

「真坂……。おお、知ってるとも。あいつとは二、三回組んだ仲だ」

「私もSMつながりで知らない仲ではないんです。彼ならいろいろな風俗に手をひろげてるんで、そういう難物さがしを頼めるかと」

「ふむ……。それはいい考えかもしれん。御前も見込んでる男だからな。しかしそうなると真坂もこの一件にからむことになるぞ……」と山田は考えこむ。

「ここまでくれば毒を食らわばですよ。三百億の儲けが目の前にあるんですから」

「それもそうだ」

「おっと、こっちのほうがおろそかになりました。あんまり意外な話だったもんで……」

バスローブの男は頷き、また蠟涙を女の体――今度は太腿に滴らせた。またも苦悶の呻きをあげて悶え狂う女体。

「おお、いいぞ。むむー……。これは極楽だ。おい、島村、もっとピッチをあげろ！」

肥満男は締めつける媚肉に夢中になり、突きあげる腰の動きを強めた――。

第一章　ガレージでの秘戯

夢見山市住宅街の一画でコーヒーハウス『ブーケ』を経営している深見比紗絵《ふかみひさえ》は、その日、気分がすぐれずに、ランチタイムが終わるとアルバイトの子に任せて帰宅することにした。

『ブーケ』は、二年前に亡くなった夫の遺産の一部を資金に、比紗絵が半年前に開店させた店だ。

今は安価でコーヒーを提供するカフェ・チェーンが幅をきかせているが、夫が生前に「昔ながらの、客が音楽を聞きながらゆっくり落ち着ける喫茶店がやりたいもんだ」と言っていたのを思いだして、それだったら自分にもできるのではないかと思ってはじめたのだ。

夫の晴之《はるゆき》は心筋梗塞の発作を起こし、四十二歳という働きざかりであっけなく逝《い》った。結婚生活十七年めのことだ。

それでも万一のことを考え、わりと多額の生命保険をかけてくれていて、母子二人の生活はぜいたくさえしなければ保障される金額を残してくれた。

しかし悲しみが薄れ、人妻という制約が失せたのを何かプラスの方向へ考えていった時、喫茶店経営という目標が生まれたのだ。ひとり息子の成長につれて学費も増えてゆく。それを考えれば、まだ何かやれる資金がある今を逃してはいけない――そう決断しての開業だった。

晴之は父親から継がされた医療機器メーカーの販売代理店を経営していたから、医師や医療関係の業界に顧客を含めて知己が多く、そのうちの親しくしていた平松《ひらまつ》という不動産業の経営者が「もし喫茶店をやるなら、あそこがいい」と奨めてくれ、仲介もしてくれたのが今の場所だ。

そこは駅から夢見山医科大と付属の病院へ向かう商店街の病院よりにあり、人通りが多く、立地条件は確かによかった。

晴之が理想としていたような、高い天井、ゆったり寛《くつろ》げる席、暗くもないが不必要に明るくもなく、モダンジャズやロックのスローな曲が流れる落ち着いた雰囲気は、チェーン店では得られないものだった。

ランチに提供するスープつきの日替わりサンドイッチも人気があり、医大や付属病院の関係者、診察や薬の順番を待つ患者がよく利用してくれた。おかげで『ブーケ』

は開業三カ月で軌道にのった。今は比紗絵が終日店にいて、半日ずつのアルバイトを二人使っている。店は七時に閉める。日曜は休業日だ。

平松は飲食店、バーやクラブなどにもテナントを多く仲介しているので、いわば経営コンサルタントのようなこともやっている。

「人通りはけっこうある場所だから、せめて九時ぐらいまでやったらどうか。ビールだけじゃなく酒も出せば客単価は昼の倍ゆくよ」

そうアドバイスしてくれるのだが、比紗絵はどうしようかと考えている。酒類を充実させるとなると、それなりに設備も整えなければならず、遅番の従業員をもうひとり雇わなければならない。それは解決できないことではないが、頭を悩ませるのは、時間のことだ。

夜遅くまで営業させるとなると、息子との対話がなくなってしまう。それが心配なのだ。

比紗絵のひとり息子は悠也《ゆうや》といい、十六歳、私立の男子校『関東文科大付属夢見山学園高等部』の一年生だ。

やや早熟なところがあり、精神的には逞しく、父親を亡くしたショックから早くに回復し、今では「ママ、いい男を見つけて早く再婚しなよ」と、おとなびた口調で言う。

比紗絵は三十七歳だが、しっとりと落ち着いた印象の、淑《しと》やかだが上品で、親しみのある美貌の持ち主。肌はよく張って艶があり、肉体もふっくらとして健康なエロティシズムが溢《あふ》れている。

店に出れば三十そこそこにしか見えない若々しさ。とても高校生の子供がいるとは思えない。そんな母親を息子の悠也は眩しそうに眺める時がある。

時には「三十後家は立たずだよ」ととんでもない言葉を発して母親を仰天させることもあった。誰かが言っていた言葉を意味も分からずに使っているのだと知ってホッとしたが、そんな言葉が息子の耳に入るというのも、周囲の大人たちが比紗絵を見て、舅も姑もいない彼女なら再婚するのが当たり前だと思っているからに違いない。

もちろん比紗絵にしても、いつかふさわしい相手ができたら再婚を考えないでもない、とは思っているが、今は『ブーケ』の経営が手いっぱいで、そちらのほうへ関心が向かない。それに彼女の肉奥からの欲望を簡単に鎮めてくれそうな男が、そうそういるとも思えない。

しかし、店のことに夢中になると、どうしても悠也と向かいあう時間が犠牲になる。今でさえ七時に閉めても、何やかやで帰宅は八時。その時間、悠也はもう母親が店に出る前に作っておいた夕食を温めて食べ終え、自分の部屋にこもっているか、近所の友人の家に遊びに行っているかで、時には比紗絵がベッドに就くまで言葉を交わす機会がない時もある。

（こんなふうではいけない）と、朝食は必ず作って食べさせ、学校に送りだすようにしているのだが……。

悠也の猛烈な反抗期は夫の死によって終止符が打たれ、自分が母親を支えるのだ、という自覚が芽生えたのか、今のところ、学校でも家でも特に問題を起こすことはない。しかし、この年ごろの男の子はさまざまな問題を抱えていないわけがないと、比紗絵はうすうす覚悟している。それは同じように結婚し子供を産んでいる学校時代の友人たちのことを見聞きしてのことだ。

幸い、悠也は反抗期の間も非行に走ることもなく、いじめにも遇わず加担せず、これまで学校に呼びだされたりしたことはなかった。

——秋色の濃くなる季節、どんよりした曇り日の午後、ランチ客の絶えた店内で比紗絵は、急激な偏頭痛に見舞われた。前頭部を襲う割れるような頭痛は更年期の前触れなのだろうか、未亡人になってからしばしば彼女を悩ませる持病になっていた。

そのための薬をいつもは持参しているのだが、その日は家に置いてきてしまっていた。

「ごめんなさい。家に帰ってお薬を服《の》んでくる。その間お願いね」

バイトの従業員に頼んで、比紗絵は自転車でわが家に向かった。店から自宅までは自転車だと十分ぐらい。

(とりあえず薬を服みベッドに横になれば、一時間もしたら、気分よく店に戻れるだろう……)

そう思いながらわが家に帰り着いた。夫の生前に買い求めた、住宅街のなかの一軒家だ。一階に居間、ダイニングキッチン、比紗絵の寝室と仏壇を置いてある六畳の和室、それに浴室。二階に悠也の個室と納戸に使っている和室。玄関脇にはガレージ兼用の物置があり、裏手からは台所へ繋がっている。

比紗絵は自動車を運転しないので、夫の死後、車は処分した。だから今、ガレージのシャッターは降りたままだ。

比紗絵は、玄関ドアに鍵がかかってなかったので驚いた。開けてみると二足のスニーカーが脱ぎ捨てられている。一足は息子のだ。

(悠也、もう帰ってるの!? あ、そうか)

その時になって、今日は息子の学校が中間試験の最終日だったことに気がついた。弁当が必要ないので、比紗絵は早く帰ってくる息子のために軽い昼食を用意してお いたのを思いだした。

もう一足のスニーカーはサイズが息子のよりもひとまわり小さい。親友の堀井史明《ほりいふみあき》のものに違いない。二人はいつも行動を共にしている。

（史明くんが来ているのなら、彼にも何か食べさせてあげないと……）

急にシャキンと母親の思考に切り替わり頭痛を忘れた。息子の一番仲良しにしている級友の食欲について意識が向けられたからだ。悠也ほどでもないけれど、史明という少年は小さな体に似合わず食欲が旺盛だった。

しかしキッチンに行ってみると、テーブルにはコーラの空き瓶とコップがあるだけで、冷蔵庫のなかに用意しておいたサンドイッチには手がつけられていない。

（あら、ここに用意しておいたの、気がつかなかったのかしら？）

いつも腹を空かせて帰ってくる十六歳の少年が冷蔵庫を開け、軽食に手をつけなかった理由を考えてみた。

（じゃ、先に史明くんの家に寄ったのね……）

史明は悠也と同じ学年だ。今はクラスが違うが、中等部でずっと同級だったことから、いつも一緒に遊んだり勉強している。互いの家を行き来して飽きることがない。

悠也は体格がずんぐりと大きく、髭もだんだん濃くなり、ずっと男っぽい雰囲気になってきた。それとは対照的に史明は、背は低く、体つきも細い。髪型を変えればそのまま女の子として通用しそうなぐらい涼やかで柔和な顔立ちの持ち主。

性格も、大胆というか粗放というか、直情径行的な悠也とは正反対で、どちらかといえば消極的で非社交的なところがある。悠也がサッカー部と野球部をかけもちするほどのスポーツ好きなのに、史明はスポーツは苦手で、そのかわり美術部にいて、音楽もクラシックをよく聴く。クラシックが好きというのは、彼の母親の影響だろう。

史明の父親、堀井憲一《けんいち》は医学博士で、夢見山総合病院の内科部長だ。妻のえつ子と結婚して二男をもうけ、史明は次男で末っ子だ。そのせいか母親のえつ子は、史明にとりわけ甘い、と比紗絵は思っている。

堀井家はこの街では有数の高級マンションに住んでいる。そのマンションから深見家までは歩いて十分ぐらいのものだ。

堀井博士の長男は父の血をひいたのだろう、理系の才能に恵まれて国立大の医学部に入った。弟の史明はおかげで親の期待というプレッシャーのかかりかたが少なく、芸術系の大学を目指したいと願い、その進路を許されている。

夫人のえつ子は建設業者の娘で、女子体育大を卒業した。憲一とは在学中、何かの縁で知りあったとしか伝えられていない。

当時、まだ医大で研究室の助手だった憲一が、のちに医科大のなかでめきめきと頭角を表わし、夢見山総合病院の内科部長になれたのは、妻の実家の支援が大きいと言われている。

比紗絵とえつ子は、悠也と史明が夢見山学園中等部の同級生となって互いの家を行き来する仲になったことから、わりと親しく付きあうようになった。

(えつ子さんが何か食べさせてくれたのだったら……)

それだったら、子供たちの世話を焼くまでもなく、ベッドに横になれる。

安心した比紗絵は、とりあえず頭痛薬を呑んで自分の寝室へ向かおうとして、家のなかがひどく静かなのに気がついた。二階の部屋からは話し声が聞こえてくるのがふつうだ。でなければテレビゲームの効果音とか。

母親は二階へ上がり息子の部屋のドアを叩いてみた。応答がない。ドアを開けてみると、息子のカバンやら持ち物が散らばっていたが、二人の姿はなかった。

(どこに行ったのかしら?)

比紗絵は自分の寝室を覗いてみた。もちろん無人だ。息子は母親の寝室にめったに入ってくることがない。母と息子の間には、反抗期の戦いの末期に、互いの領分を犯さないという暗黙の了解が交《かわ》されている。

靴はあるから、二人はこの家のなかにいるはずだ。

（ということは……）

彼らがいる場所は、一つしか考えられなかった。

（ガレージ……？　でも、何をしにガレージに……？）

ふだんは息子とその親友が何をしようと気にかけなかった比紗絵が、仮眠をとりに帰宅したのだということも忘れて詮索しようとしたのは、どういう理由だろうか。

スリッパの足音を殺すようにしてキッチンの奥、突き当たりのドアへと近づく。そのドアの向こうがガレージだ。

（やっぱりここだ）

ドアがほんの少しだけ開いている。開けたドアをきっちりと閉めないのが悠也の癖で、それは父親も同じだった。

その隙間から、明らかに若い二匹の生き物の気配が噴きだしてきていた。物音も声も聞こえないが、彼らの発するエネルギーが肌に感じられる。

（何を、しているの……？）

ドアの隙間へ顔を近づけてゆくと、ようやく微かな声が、いや、声というより息づかいが聞こえてきた。

震える手でドアノブを握り、もう少し隙間を開ける。照明は点けられていない。ガレージの壁の上のほうについた明かりとりの窓から午後の光が差し込んできているが曇りガラスのうえにかなり汚れているので、すぐにものを見分けるには不十分な量だった。

このガレージには、夫の死後、街なかに借りていた代理店のオフィスを閉めた時、処分しきれなかった家具や調度品が押し込められていた。たとえば夫が使っていたデスクや椅子、書類キャビネットなどの類。飾ってあった額入りの絵、応接セットなど。車を処分して空間に余裕がたっぷりあるのをいいことに、ほとんどのものがいまだ手つかずのままだ。そんなわけでガレージのなかは中古の家具を扱う店舗のような状態を呈している。

最初に見えたのは息子の悠也だった。

キャビネットの陰になる位置から、事務用肘掛け椅子に座った悠也の上半身が見えた。彼は上着を着ておらず、Tシャツ一枚という姿。サッカー部の筋肉トレーニングで鍛えた上半身は逞しく、胸板は厚い。剝きだしになった腕の筋肉はゴツゴツと盛り上がっている。

毎朝、電気カミソリを使うほど髭の濃くなってきた、父親に似てどこか憂い顔が魅力的な顔をぐっと仰向けにして、喉首を反らせ、その目は閉じられている。

彼の口はわずかに開き、そこから息が洩れている。荒い息だ。ハアハアという喘ぎに、時おり「う……」とか「む……」という唸り声が混じっている。

(何をしているの……? 史明くんはどこにいるの?)

絶対に踏み込んではいけない領域だということは、ドアを押し開けた時から分かっていた。だから比紗絵は、ドアの隙間に顔を押し付けるようにして覗き見るだけにとどめた。だが、それでは手前にある書類棚や段ボール箱のせいで、見えるのは悠也の上半身だけなのだ。

意を決して比紗絵は一歩踏みだし、さらに顔を突きだしてみた。ようやく暗がりに目も慣れて、もうひとりの人物が見えてきた。

(あ……!)

思わず驚きの声をあげてしまうところだった。比紗絵は手で自分の口を塞がなければいけなかった。

その人物は、椅子に座っている悠也のまん前に身を屈していた。床に両膝をついて。黒い短い頭髪は、悠也の股間に隠されるほど低められていたので、それまでの比紗絵の位置からは見えなかったのだ。

（あれは誰……？）

下半身に何も着けていない悠也の股間にいる人物は、もっと裸に近い格好で、顔が見えなかった。薄闇のなかに肩、二の腕、うなじから背中にかけての肌が白く浮かびあがっている。上半身がそれだけ露出される衣裳というのは、キャミソールとかスリップなど女性の下着だ。

（女の子を連れ込んだの？）

強い衝撃を覚えながらそう思ったのは、明らかに息子は誰かと性的な行為に耽っていると分かったからだ。だとしたら相手は女性——少女だ。

実際、その子の下半身は白い下着で包まれている。本来の男モノではなく、レースが使われたキラキラ光る素材。女性用のセクシーなショーツ。

ナイロンの薄布で包まれたくりんと丸い臀部は、体毛が見えない。よけい女の子に見える。

（だけど女の子がいるわけがない……！）

玄関には悠也と史明の靴しかなかったのを思いだした。

もし比紗絵に、史明のスニーカーという情報がなければ、キャミソールとショーツに体を包んでいる小柄で色白の肉体の持ち主は、少女だと思ったに違いない。

顔が見えれば一発で分かるのに、それができない。なぜ顔が見えないかというと、それは悠也の股間に伏せられていたからだ。その姿勢の意味は明らかだ。

(悠也のペニスを咥えている……！)

その時、「はあッ」と息をつくようにしてその人物が顔を上げた。

(あッ！)

思わず叫ぶところだった。男子高の制服を着ていても少女的な印象のする史明の顔を見間違えるわけがない。そして比紗絵は決定的な光景を目にした。

史明は勃起した悠也の男の器官を口にしていたのだ。ふだんでもふっくらとして愛らしい唇が、今は唾液でヌラヌラと濡れ光っている。そして悠也の股間には完全に成人のサイズに達している欲望の肉槍器官が、隆々と聳《そび》え立っていて、完全に全容を露呈している亀頭と血管を浮き立たせている肉幹は唾液に濡れまみれている。

「こら、やめるな」

唸るような声で悠也が言った。

「だって、苦しくて……」

言い訳するような細い声は明らかに史明のものだった。

「ほら、もっと吸え。唇で締めるんだ」

悠也が右腕でクラスメートの頭を掌でぐいと押し付けた。

「あ、む……」

美少年の顔がふたたび体格でまさる友人の股間に伏せられた。比紗絵は息子の怒張した肉が史明の開けた口のなかに押し込まれ姿を消すのを確かに見た。

ピチャピチャ。チュウチュウ。

唾液の摩擦する音が聞こえてきた。

史明の口は小さい。だからいっぱいに開けないと悠也のペニスを咥えこめない。

比紗絵のところから見えるかぎりでは、美少年は真剣な表情で同性の友人の股間に屹立する、雄大な男の器官を受け入れ、舌と唇を使って強い刺激を与えている。

「こうやって頭の上から見てると、ほんとに女の子に見えるぜ。髪はおかっぱだし、細っこいからな。肌なんか女の子以上にすべすべしてるし」

ペニスを吸わせ、舌や唇で刺激させせながら、愉楽の表情を浮かべる十六歳の少年。それは比紗絵のひとり息子であり、フェラチオを強要しているのは彼の幼なじみであり親友なのだ。その母親を比紗絵はよく知っている。

「う、む……」

椅子の座面に浅く尻をかけて体をのけ反らせている悠也の喉から、唸《うな》るような呻くような声が洩れた。裸の下半身の、両足の間に跪《ひざまず》いた史明が熱心に行うフェラチオによって、彼が強い快感を得ているのは明らかだ。

(なんてことをしているの……!?)

しばらくは自分が目にしている光景が信じられなかった。息子が、こともあろうに親友にフェラチオをさせているのだ。しかも相手は女の化粧をしセクシィな下着を着けて……。

二人は中学時代からクラスメートで、通学や勉強や遊びに、ずうっと時間を共にしてきた。それまで性的なものを感じたことは一度もなかったというのに。

思考力が失せて唖然として眺めているうち、比紗絵はひとつのことが分かってきた。

(上手だ……)

夫の晴之に十七年、妻として仕えさせられてきた比紗絵の目からしても、史明の口唇奉仕は熟練したもののように見えた。

緩急をつけたリズムで、ストロークの長いピストン運動をしたり、時にスポッと口から離し、真っ赤に充血した亀頭の先端を舌でちろちろと刺激する。

また、両手で捧げ持つようにしていた手の一方を、時おり睾丸へと持ってゆき柔らかく揉む。口をすぼめてチュバチュパッと吸い、時にはハーモニカを吹くように顔を横にして側面を唇全体と舌で刺激する。これほどテクニックを駆使されて、快感を味わえない男はいない。

悠也の態度は、そういう刺激を期待している。この二人は明らかにこれが初めての行為ではないのだ。何度も繰り返しているに違いない。

(でも、なんてことを……)

比紗絵は全身が震えた。喉がカラカラに渇き、心臓は鼓動の音が息子たちに聞こえるのではないかと思うほど、ズドン、ズドンと脈打っている。膝がガクガクいい、立っていられなくなり、ドアの枠に手をかけて体重を支えなければいけなかった。

ガレージのなかでは、悠也も史明も、まさか比紗絵に窃視《せっし》されているとは気付いていない。この時間、彼女は『ブーケ』にいるはずなのだ。

「よし、口はもういい」

ふいに悠也が言い、股間の史明の頭を押し離した。

「入れるの?」

少女のように甘えた史明の声。そんななまめかしい調子の声は今初めて聞いた。

「おお、入れてやるよ。そうしてほしいんだろう?」

「イヤだと言っても悠也はやるんでしょ……?」

「あたりまえだ。おまえだってイカせてほしいんだろ？」

「ここまでしてあげたんだから、ぼくだって気持よくしてほしいけどね……」

「してやるさ」

悠也が屈みこんだのは脱ぎ降ろしている自分のズボンのポケットを探ったからだ。起き上がった時、彼の手にはコンドームの袋があった。悠也はそれを史明に手渡す。

史明は手早くコンドームの袋を裂き、薄いゴムの被覆《ひふく》を悠也の屹立した若い器官にかぶせた。

比紗絵はその時、ようやくハッキリと史明の下半身を見た。そこには悠也ほどではないが充分に発育した男の器官がけなげに怒張していた。

そのロケットコーン状の亀頭はういういしいピンク色で、尿道口からは透明な液が涎《よだれ》のように溢れ出ていた。

二人は立ち上がった。

「そこに膝をついて……」

美少年は床に膝をそろえてつき、正面にある応接セットの三人がけソファの座面に頭を載せた。

自分の背後に母親がいて、震えながら窃視しているのを知らず、下半身は裸の少年が、ソファの座面に上半身を預けている史明の背後に片膝をつくと、光沢のある黒いキャミソールに包まれた細やかな裸身を臥《ふ》せている史明の尻から白いパンティを引き降ろした。薄闇のなかに眩しいほどの白さで輝くような、リンゴの丸みを帯びたなまめかしい肉の二つの丘。悠也は逞しい両腕を突きだし、二つの臀丘を抱えた。

「ゆくぞ」

悠也が低く唸るように言い放ち、親の仇にでも出会ったような気迫で、とても十六歳とは思えぬほど雄大な肉槍を美少年のアヌスへとあてがった。その部分はすでに濡れて輝いている。あらかじめ乳液かローションのような潤滑剤が塗られている。

「あ、あう、あーッ……」

自分よりふた回りも体格の大きい悠也にのしかかられ、史明が体を反らせた。キャミソールを着け、ショーツを腿のあたりに絡めている美少年は、股間のペニスさえ見なければ、まさに悠也に凌辱される美少女のように見える。

(なんてことを……)

ガタガタ、ブルブルと震えている体を必死にドア枠を摑《つか》んだ手で支えて、悠也の母親は息子が悠々と腰をつかうのを見ていた。喉はカラカラで灼けるようだ。

ドス、ドス、ズブ。

摩擦音をたてながらはち切れそうなほどに膨らみきった肉の槍がピストンのように美少年のアヌスに打ち込まれてゆく。比紗絵はもう呼吸するのも忘れて、折り重なった二つの体が蠢《うごめ》くのを眺めていた――。

「ああ、やばい。うう｜、悠也ッ、感じる。あううッ」

「おれも気持いいぞ。ほら」

パンパンと音がたつのは、犯す者の睾丸が犯される者の会陰を叩いている、その音だ。

どれほど肉のピストンが直腸と肛門を抉り抜くように往復しただろうか、

「ああ、ぼく、もう｜……やばい」

史明の白いしなやかな裸身がのけ反るのが見えた。

「う、むッ、おれも……」

呻く息子の尻から腿にかけての筋肉がぶるぶると痙攣するのが見えた。押しつぶされる形の美少年の体にも痙攣が走った。

「ああ｜、イク、イクうッ」

悲痛とも思える叫びをあげた史明。比紗絵は二人が同時に絶頂に達し、若い牡の白いエキスを放って果てたのを知った。

ガクガクと震える膝を立て、音を立てないようにと気をつけながら体をドアの外へ出した。絶対に気付かれてはいけない。

自分が帰ってきた痕跡を残さないようにして、比紗絵は静かに家を出た。二人の少年がいるガレージは静まり返って何の物音も聞こえなかった。

第二章　息子の性欲処理

翌日、悠也が何ごともなかったように学校へ出かけるのを待って、比紗絵は堀井えつ子に電話をかけた。史明の母親は家にいて、息子の親友の母親が相談したいことがあると言うと、自宅に来てと告げた。

昨日と同じ時刻——ランチの混雑がすむと、比紗絵はまた店をアルバイトの店員に任せて、自転車で堀井家のマンションへ向かった。

堀井憲一とえつ子、それに史明が暮らすマンション『夢見山ヒルズフラット』は、市名の由来となっている小高い丘、夢見山の南斜面に広がる高級住宅街、田園町に建つ。環境を規制する条例で階数は四階だが、各部屋は百五十平米以上と広く、内装が豪華でセキュリティもしっかりした高級マンションとして知られている。

その位置は『ブーケ』からも比紗絵の家からも等距離で、やはり自転車なら十分というところだ。

マンションの玄関を入るとガードマンが常駐している受付があり、来訪者は壁に取りつけたインタホンで訪問先を呼び出し、遠隔操作で玄関ホールへの自動ドアを開けてもらわないといけない。比紗絵はインタホンで来訪を告げ、えつ子にドアを開けてもらった。

（これだけのマンションに、よく暮らせるものだわ……）

エレベーターで四階に上がりながら、比紗絵はいつもの疑問を思い浮かべた。

総合病院内科部長とはいえ、一介の勤務医の給料は限られているはずだ。夫はベンツ、夫人はボルボの新車を乗りまわし、その生活は豪奢きわまりない。たしかにえつ子の実家は裕福だったが、建設業界はどこも不振ではなかったか。実家の援助はそれほど期待できないのではと思う。

堀井医師は勤務先の病院以外からも高額な収入を得ているのではないか、そんな気がするのだ。

息子同士が同年であり、小学校は違ったものの中学からは同級生という関係で、ＰＴＡや保護者の集まりでもよく一緒になり、息子たちの誕生パーティには相手を呼んだことも再三である。特に比紗絵の夫の急死にあっては、運びこまれたのが堀井医師の勤務する病院だったことから、死因の究明や病理解剖の要請にどう対処すべきなのかで彼にはずいぶん世話になった。店を開くにあたってもこの夫婦は親身になって援助してくれた。実際、えつ子は「資金が足りないのなら、いくらか出してあげてもいいのよ」と言ってくれた。そういうことでは力強い味方であった。だからこそ比紗絵はえつ子夫婦との良好な関係を保ちたかった。

「いったい何が起きたというの、比紗絵さん？　電話の声では、ただごとじゃなさそうだけど」

冴えわたった美貌の眉根をひそめて、堀井夫人は出迎えた。

えつ子は四十歳ちょうど。比紗絵より背が高く、スリムな体型を維持している。その姿を見れば現役の女優ではないかと思う華やかな雰囲気の持ち主で、彼女が放つエロティシズムは優雅さを備えている。ただ、初めて会った時からヘアースタイルは運動選手のように短い。それがえつ子の活力と行動力を象徴しているようだ。

「それが……うちの悠也とおたくの史明くんのことなの。いったい、何と言えばいいのか……」

豪奢な内装のリビングルームに案内され、口ごもりながら比紗絵は、自分より三歳年上の人妻に、自分が昨日、見聞きしたことのすべてを語った。

といっても、比紗絵が見届けたのは、ひときわ高い唸り声をあげて悠也が、押しひしいだ史明の体に強く下腹を何度も打ち付け、したたかに射精したところまでだ。

「そのあと、どうやって家を出てきたのか、記憶がないんです。あまりにもびっくりしたので、よほど動転しちゃったんですね。気がついた時は自転車にとびのって店へと向かっていました。よく交通事故に遇わなかったものです……」

意外なことに、少し年上の人妻の顔は、ときどき目を丸くしてみせたが、それは演技のようで、内心から弾けるような驚愕の色をほとんど浮かべなかった。あたかもそういうことを告げられるのを予想していたかのように、薄い微笑さえ浮かべながら、それでいて真剣に耳を傾けている。

「それで、あとで悠也くんとは何か話したの？」

すべてを聞き終えると史明の母親はそう質問した。比紗絵は首を横に振った。

「いつもどおりの時間に帰宅すると、あの子は先に入浴をすませ、自分の部屋でのんびりとテレビを見ているんです……」

その無邪気な姿からは、数時間前、ガレージのなかで見せた、獲物を襲う肉食獣の容赦ない、凶暴なまでの欲望はウソのようだ。それを見た比紗絵は、自分が見た光景は何か白日夢ではなかったのか、頭痛による錯覚か幻覚だったのではないか、そんな気さえして、とうとう、自分が見たことについて問いただすことはできなかった。こっそり覗き見したという後ろめたさもあっただろう。

「なるほど……」

比紗絵の報告を聞き終えたえつ子は、肘掛け椅子に深くもたれながら、スラリと伸びた美しい脚を組みなおしてみせた。その表情には同情するような慰めるような笑みが浮かんでいる。

「で、比紗絵さんはショックを受けたのね。悠也くんが史明と、ゲイ――いわゆるホモ的な行為に耽っているのを見て……」

「ええ、もちろんです」

「その驚きは、悠也くんが同性愛だと困るからということ？　跡取りがいなくなってしまう。孫を抱く楽しみが奪われてしまう。そういうことね？」

「そ、それだけでもないけど……やっぱりそれは心配です。それに、もし悠也が誘うなり強引にまきこんで、史明くんを同性愛に仕向けたりしたのなら……」

えつ子は、笑って顔の前で両手を振ってみせた。無邪気な笑顔だ。

「あなたがびっくりして心配するのも分かるけど、そんなに心配することはないと言っておくわ。どちらかというと、うちの史明のほうがゲイでしょう。彼はおまけに私の下着を着たり、こっそり女のお化粧をしたがったりする癖があるのだから」

「それ、分かってらっしゃったの？」

比紗絵はあっけにとられた。自分の息子がそういう行為に走ったら、彼女なら精神科医のところへ連れてゆくだろう。えつ子は肩をすくめてみせた。

「それはあとで説明します。とりあえずは悠也くんのことだけど、本当に心配することはないと思うの。夫もよく言ってるけど、男の子の十六といえば性欲が強い盛りよ。男子高だから女の子とも自由に付きあえなくて、性欲のはけ口がないでしょう？　悠也くんは体格がいいから精力的にももう大人よね。毎晩オナニーに耽ってると思うわ。たとえ史明が男でも、女の子とみなして性欲を吐きだしたい気持ちになったんだと思う」

「それがホモじゃ……」

「違うのよ。ホモやゲイ——まあ、どっちも同じだけど、完全な男の同性愛っていうのは相手を男だと思って愛する、そういう人種。だけど悠也くんはうちの史明を女の子だと思って扱っている。まだまだホンモノじゃないのよ。もしこれからホンモノの女の子が現われたら、そっちに向かう。あくまでも一過性のことよ。私は史明ばかりではなく悦史《えつし》も育ててあげたから、比紗絵さんよりは男の子について知ってる。私の言うことを信じて」

悦史というのは堀井憲一とえつ子の間に生まれた長男。史明の兄になる。今、二十歳で医科大の学生だ。大学は関西にあるので、この家にはいない。

えつ子が泰然自若《たいぜんじじゃく》としているので、比紗絵のほうが説明しにくい焦りに悶えた。

「だって……、えつ子さんはそれでいいの？　史明くんが、事情はともかく悠也に犯されているのよ。あの様子では、二人は初めてじゃない。前から続けてると思う」

えつ子がぴしゃりと口を挟んだ。

「そうでしょうね」

「え……!?」

比紗絵は呆気にとられた。えつ子が立ち上がった。今日の彼女はゆったりした薄手のセーターにフレアースカート、それに薄いカーディガンを羽織っている。そのカーディガンを脱いだ。きちんとセットされた髪を見て、美容院にはいくら払っているのだろうかと、突然、奇妙な思考回路が動いた。

「えつ子さん、史明くんが、その……悠也とホモ的なことをしてるの、知ってたんですか？」

えつ子は頷いてみせた。動揺している気配はまったくない。

「ええ。漠然とですけどね」

「そ、それはどういう……？」

ふッとため息をつくようにして俯《うつむ》き、髪をなんとなくいじって考えこむようにしていたえつ子は、言葉を探すようにして答えた。

「実は史明がなんとなく女の子っぽくなったり女性の下着に興味を示すようになったのは、悦史のせいなのよ」

「ど、どういうことです？」

「言ったでしょう？　男の子はオナニーに夢中になる頃は男も女もないんだ、って。あれは悦史が高校一年だから、史明がまだ小学校六年生ぐらいの頃かな……。私も比紗絵さんとまったく同じような体験をしたの。つまり兄の悦史が弟の史明に悪戯をしているところを見てしまったの」

「そんな……」

言葉を失っている年下の未亡人に、艶麗な夫人は、自分の息子たちについての秘密を明かしはじめた。

「その時はまだこのマンションに移ってくる前で、坂下町のほうの一軒家に住んでいたの。ある晩、夜中にトイレに立ったら、あの子たちの個室のほうから呻き声が聞こえてきたものだから、私、てっきり悦史か史明が気分でも悪いのかと思って、ドアを開けて覗いてみたの」

母親の目に飛び込んできたのは、全裸になった兄が、やはり全裸の弟をうつ伏せにして、スプーンを重ねるように上になり、激しく腰を揺すっている姿だった。

「ああ、うーん、ううッ……ああッ、お兄ちゃん……うう」

唸るような呻き声は兄に組み伏せられ、重みに耐えかねている史明があげていたのだ。

「えーッ！　そんなことをしていたんですか……!?」

比紗絵は言葉を失った。

「そうなのよ、性欲が強まった時期だったから、悦史はいつも悶々としていた。そうしたら史明が女の子みたいに見えてきたらしいのね。ほら、陰毛が生えてくるまでの男の子って体の線は柔らかいし肌も白くてすべすべしてて、女の子みたいでしょう？　悦史は性欲のはけ口を史明に向けてしまったのね」

驚いた母親が叱りつけると、しょげた兄は、どうして弟に対してそんな欲望を抱いたのかを言い訳した。強い性欲をもてあましてつい理性を失ったのだと。

「でも、アナルセックスまではいってなかったのね。まあ悦史も本能的にペニスを入れたかったかもしれないけど、史明の肛門は狭くて入らなかった。だからお尻の谷間にこすりつけて、入り口のところで射精していたようね。それは史明も言っていたから間違いないと思う」

つまりえつ子は、二人の息子をそれぞれ問い詰め、どのような性的な遊戯を楽しんでいたのかを言わせたのだ。

楽しんでいたのは悦史のほうで、精通前の史明はまだそれが何を意味するか分かっていなかったようだ。全裸にされて性器をいじられたりするのは恥ずかしかったが、何か妙な、説明できない気持よさを味わうこともあり、兄の「秘密の遊び」に付きあっていたらしい。

悦史は悦史で、弟を自分の快楽の道具にするため、宿題をみてやったりいじめっ子を追い払う役をつとめたり、それなりに歓心を買ってはいたらしい。

「私も、二人が完全な同性愛の行為に走っていないので安心したけれど、今度は悦史が落ち込んでしまって、それであわててしまったのよ」

弟を快楽の道具に用いて、尻の割れ目で欲望を吐き出しているところを母親に見られたのだ。オナニーの現場を見られるより恥ずかしく屈辱的だ。もともと罪悪感は感じていたのだ。

おりしも悦史は大学の医学部を目ざして猛勉強中の頃だ。えつ子としてもこんなことで長男がやる気をなくしたり妙な罪悪感にさいなまれておかしくなってては困る。

「それで、どうやって解決されたんですか？」

比紗絵は問わずにはいられなかった。悦史は今、関西の医大に入って順調に医学生としての生活を送っている。

えつ子は、そこでフッと苦笑するような表情になり、視線を宙にさまよわせた。どう言ったらいいか、言葉を探している。すぐに真剣な表情になり、年下の未亡人の目を覗くようにして言った。

「これは絶対内緒だけど……いい？」

「ええ」

「実は、悦史の性欲は私が解決してあげることにしたの」

比紗絵はのけ反るような驚きを味わった。

「えぇッ、それは、どういう……」

悦史は史明とは正反対のタイプで、スポーツ万能というタイプだった。確か中学から高校二年ぐらいまでは水泳部で活躍していたのではなかったろうか。どちらかというと悠也と似た気性、気質で、容貌も体型も似ているような気がする。

「だってそうでしょう？　あの子も関東文科大の夢見山高。男子高だしガールフレンドはいない。誰に似たのか早熟で好奇心が強く、性欲が強いタイプなのは、私もそれ以前からうすうす気がついていた。だから性欲を解消してやらないと勉強に集中できないとは思っていたのよ。でもそのためにガールフレンドなんか作らせたら、かえって勉強のさまたげになるかもしれない。一時は性欲処理専門の風俗嬢を雇うかと思ったけど、それでもあの子が恋愛感情を持ったりしたら面倒なことよね。夢中になったりしたらよけい困る。だから私が性欲処理をしてあげることにしたの」

耳を疑うような告白に呆然としている比紗絵。えつ子はたんたんとした口調で説明する。

「実は私もね、史明をオモチャにしていると知って、内心、悦史はゲイじゃないかって心配になったのよ。一つはそれを確かめる必要もあって、悦史と取引してみたの」

息子を呼びつけた母親はこう言ったそうだ。

「年ごろになった男の子が、性欲をもてあますのは仕方ないことよ。だけどそれを弟に向けられたら史明がかわいそう。無理にがまんすれば今度はあなたが勉強に集中できないだろうから、ママがそれを解消してあげる。そのかわりあなたは弟にいたずらしない。もちろん他の女の子に目を向けてもダメよ。大学入試に合格したら、その時は自由になんでもしたらいい」

悦史は母親の申し出に驚いて目を丸くした。いくらなんでも自分の母親に性器を見せ、触れられるのだ。それが恥ずかしくないという年ごろの息子はいない。

「そこで、よけいな羞恥心や罪悪感を持たないよう、できるだけ事務的にドライにすることにしたの。パパや弟がいない時を見計らって私に合図してからトイレの個室に入って、渡しておいたコンドームをペニスにつけて、便器のほうを向いてズボンやパンツは降ろし、下半身は露出したままで待っているの。私は家族の様子をうかがってからトイレに行き、彼の真後ろから手を回してペニスに触れて、しごいて射精させてあげる。射精したら私が先に出、悦史はあと始末をして出る——そういうふうにしたの。彼は私の顔や姿を見ないし、私も彼の表情は見えない。だから恥ずかしさや照れることも少ない、都合がよかった。もちろんコンドームは誰にも見られないように私が処分したわ」

「えーッ……。はあー……」

初めて聞く母親と息子の間の性欲処理儀式に、比紗絵は言葉を発するのも忘れてしまった。

「幸い、夫は昼間の職務が激しいから、帰宅すると真夜中には熟睡してしまう。史明もよく眠る子だったから、たいてい真夜中の一時ごろが〝毒抜き〟の時間だったわね。あ、それは私とあの子の間での暗号ね。『毒がたまってるから、今日は二回抜いて』

とか、そういうふうに使ってたわ」

翌春、悦史は無事、大学に入学したので、母親が息子の性欲を処理してやる奇妙な習慣は自然にやんだ。

「彼は今、向こうでガールフレンドも作ってよろしくやってるわよ。いつも自分がどれほどセックスで相手を満足させるか、自慢してメールしてくるわ。分かった？　弟を相手に同性愛めいたことをしても、必ずしもゲイじゃないってこと。悦史と悠也くんは似たタイプだから、きっと大丈夫」

比紗絵は納得しそうになったが、疑問が湧いた。

「そ、そうですか。でも、だったら史明くんは……？」

「ああ、史明ね。あの子はちょっと、その……」

少しまた口ごもってから、苦笑するようにして打ち明けた。

「史明はね、どうやらゲイの素質はあるみたい。でも、女性が嫌いなわけでもないの。ただ女装が好きだから、ゆくゆくはシーメールになるかもしれない、って私も思ってるのよ」

「えッ、シーメール？」

「そう。性同一性障害って聞いたことがない？　男の体なんだけど、心が完全に女の子という子がいるのよ。そういう子は性転換して完全に女の子になろうとする。これをMtFの性同一性障害と言うの。ニューハーフと呼ばれる子なんかはそうね。彼らは性的には男性しか受けつけないし射精する男の肉体に嫌悪感を抱く。そうではなく、女の子の心はあるけれど、自分の男の体も嫌いじゃないって子がシーメール。彼らは〝ペニスを持つ女の子〟という自分の体を愛して、外見は女の子に見えるようお化粧したり女装したりするけど、ペニスが味わわせてくれる快感は大事にする。女の子とも付きあいたがるしセックスもしたがる。そこがまた男性とだけしかできないゲイとは違う。そういう存在」

そういう方面に関心のなかった比紗絵には初めて知ることだった。

「まあー、そういうタイプの男の子がいるんですか。女の子の格好をしたがるのは、みんなゲイだと思ってました」

「実はね、史明が悦史のようにオナニーを覚えはじめた頃、なんとなく私の下着を入れた引き出しが誰かに触られている気がして、ピンときたの。私が畳んだような畳みかたになっていないのがあったから、『これは史明がいじってるな』と思って問い詰めたら、ママの下着を見てたら着けてみたくなって、パンティを穿いてみたらすべすべしてキューッと締めつけられるようで気持ちいいし、鏡に写してみたら本当の女の子のように見えるし、そうやって鏡の前でパンティとブラジャーを着けて動いていたら勃起が強くなって、穿いたまま射精したって」

「そんなことが……」

史明が母親の下着をこっそり持ちだして身に着けたというより、問い詰めてそういうことを白状させたえつ子の姿勢に驚かされた。客観的にみれば悠也は一人前の男として性欲を持て余す健康な男子だろうが、母親としてみれば、まだ自分に甘えたがる、少しばかり生意気な子供だ。向こうを男、こちらを女という立場に置いてセックスのことを話題になど、できそうもない。

そういう感慨など知らぬげに、えつ子は話し続ける。

「それ以来、私の下着を着けてはオナニーする習慣がついたらしいのね。その時は自分が女の子になって他の女の子にいろいろされる――という想像をするらしいの。もし小さい時に悦史に悪戯されたことの影響があったら、男の子に何かされる妄想を抱くものじゃない？　そうではなくて女の子と何かしたいというのだから妄想のなかではレズビアンということになる。でも形としては昂奮して勃起して射精する。自分のペニスが自分でも可愛いと思うと言うのよ。女になりたいという性同一性障害だと、まず自分の男の部分を憎むのだけど、史明はそれがないの。彼は『ペニスを持ったままで女の子でいたい』と考えてるようね。これはシーメールの特徴。私も男の機能を残したままなら女装でもいいかと思って、それ以来、私が許した下着をこの家のなかだけでパパにも悦史にも知られないように楽しむならいい、って許可したのよ」

「そうなんですか……。はあー……」

ただただ呆気にとられてしまった比紗絵だ。これが昨日までの、貞淑な人妻で聡明な愛情溢れる母親だと思っていたえつ子と同一人物なのかとさえ思う。しかし、それで分かったことがある。

くりくりとした目が愛らしい史明は、髪をおかっぱふうにしている。前髪は額を隠す感じに切ってあり、高校のブレザーの制服を着ても、女子高生のように見えることがある。

比紗絵はよく我が家に遊びに来る史明を見て「もっと男の子らしい髪形にしてあげたほうがいいのでは」と思ったものだ。男子高だとそういうことがいじめの対象になるのではないか、とひとりで気を揉んでいたぐらいだ。なんのことはない、息子の希望を入れて母親が男の子らしくならないヘアスタイルをさせていたのだ。だとしたら悠也が史明の演じている女の子の部分に欲望を刺激されたとしても不思議はない。たとえゲイの素質がなくても。ただ、それで母親はいいのだろうか。

「あの、それでえつ子さんは心配じゃないんですか？」

思いきって聞いてみると、えつ子は目を丸くして明るく笑ってみせた。

「あはッ、心配しても仕方ないでしょう？　セックスの好みってのは生まれつきみたいなもので、ゲイに生まれたらゲイになるのを止められない。シーメールもたぶんそうだと思うの。社会に適応できなくなったら仕方がないけど、ほら、芸能人やタレントでもいるでしょう？　誰にも迷惑がかからないなら私は史明がシーメールでもかまわない。無理して男の子らしく育てようとするとかえってねじまがってしまいそうな気がするもの」

「はあ、そんなものですか……」

ふつう、自分の息子が母親の下着を身に着けたがったり化粧したがったりして、男性の友人とアナルセックスを楽しむようになったりしたら、母親は狼狽し困惑するのではないだろうか。比紗絵に淡々と事情を説明するえつ子の態度には、そういったものが感じられない。それは兄の悦史が完全な男性として成長しているからではないか。

彼はやがて結婚し、子供をつくる。

「史明のことについては比紗絵さんが悩むことはまったくないのよ。それよりも目下の最大の関心事は、悠也くんのことじゃないの？　史明のような子に影響されてゲイになってしまったら困る……。そういうことでしょう？」

　ズバリ明快に指摘されて、比紗絵は狼狽しながらも頷くしかなかった。

「ええ、まあ、そういうことです……」

「私は大丈夫、ゲイにはならないと確信しているけど、あなたの心配は分からないではないわ。ひとり息子ですものね……。じゃあ、こうなったら、私が史明に問いただしてみるのが一番ね？　あの子なら悠也くんのことをよく分かってると思う。なんてったって昨日今日の付きあいじゃないんですから」

　比紗絵はまたもや驚かされた。自分はとうてい悠也に「きみは女の子に興味がないの？」などとは質問できない。えつ子はそうではない。

　しかし自分の息子の性欲を手で処理してやっていた母親なのだ。えつ子と知りあって何年にもなるが、ＰＴＡの集まりなどでも、他の親たちが聞きにくいこともポンポンと平気で質問するような、さばけているというか、非常にドライなところがある。それぐらいのことは何でもないのかもしれない。

「ええ、もしできるものなら、そうしていただければ……」

　てっきり、自分が帰ったあとでのことと思っていたが、そうではなかった。

「こういうことは早く解決したほうがいいでしょう？　今日はまっすぐひとりで帰っ

てくるように伝えるわ。あなたもその耳で聞けば、何もかもスッキリするでしょう」

そう言って自分の携帯電話を持ちだすと、呆然としている比紗絵をよそに、息子に宛ててメールを打ちはじめた。この母と子は携帯メールでコミュニケーションをとっているらしい。比紗絵も自分の携帯を持ち、悠也にも持たせているが、二人の間でメールを交換することはめったにない。比紗絵のほうがメールを難しがってやらないからだ。

すぐに史明から返事が届いた。今、帰宅途中で、どこにも寄らずまっすぐ帰ってくるという。

母親は少し考える顔になった。

「もう十分もしたらここに来るわ。でもあなたがいて、私が悠也くんのことを聞いたら困惑するでしょうね。あなたに気をつかってウソを言うかもしれない。私がひとりのほうが答えやすいと思う」

「だったら私、お店に帰りますので、結果はあとで……」

腰を浮かせた比紗絵を制してえつ子が提案した。

「待って。私が史明から聞いてあなたに伝えるより、直接あなたの耳で聞いたほうがいいと思う。私だってあなたにウソを言うかもしれなくてよ」

「そんな……。信じますから」

「なに、姿を隠して聞き耳を立てているだけでいいのよ。こちらに来て」

えつ子は戸惑う比紗絵を、寝室へと導いた。そこに入るのは初めてだった。

広々とした洋室に、四隅に真鍮の柱が立つ西欧のアンティークらしいデザインのダブルベッドが置かれていたが、なぜか枕は大きいのが中央に一つ。さりげなく観察した比紗絵は、この部屋に夫の堀井憲一の気配が感じられないのに気がついた。まったく女性ひとりの私室だ。

窓は大きいがレースのカーテンが引いてあり、分厚いカーテンも半分引かれていて部屋のなかのすべてが、もう夕闇がきたような、落ち着いたほの暗さに包まれていた。

(えつ子さんのご主人は、別の部屋で寝ているのだ。でもなぜ……?)

親しく付きあってきた年下の女がその疑問を抱いたのに、えつ子はすぐに気付いたようだ。

「夫は遅く帰ってきて早く出かけたりするし、いびきもかくので、寝室は別にしているの。そのほうが気がねしなくていいでしょう? 彼は向こうの六畳の和室で寝ているのよ。お布団で寝るほうが安眠できるらしいわ」

ベッドの足のほうの壁にドアがあり、えつ子はそれを開けた。ウォークイン・クロゼットだった。衣類をしまうチェストが並び、ハンガーパイプにはコートやドレスの類がズラリとぶら下がっている。いわば洋風の納戸部屋だ。床は板張りである。

「ここに座っていて」

小さなスツールを持ちだしてドアの内側に置いた。

「ドアごしでも私たちの声は聞こえるでしょう。あの子が出てゆくまでそこにじっとしていてね」

比紗絵はそこで一つのことに思い至った。

「あ、私が悠也のことをゲイかと疑っていると史明くんが知ったら、悠也に伝えるんじゃないかしら。できたらそのことは史明くんにも知らせないでください」

「分かった。そうする」

えつ子は照明を消すとドアを閉めて部屋を出ていった。窓もない狭苦しい密室空間に閉じこめられた形の比紗絵。その耳には自分の心臓がドキンドキンと跳ねる音がこだまするように感じられた。

第三章　母のお尻検査

　しばらくして寝室のドアが開く音がした。

（来た……！）

　比紗絵は息をとめるようにしてスツールに座った体を乗りだしてウォークイン・クロゼットのドアに耳を寄せた。ベッドのスプリングが軋む音がした。それでどちらかがベッドの縁に腰を降ろしたのだと分かった。たぶんえつ子だろう。

「話がある、ってどういうこと？」

　史明の、やや甲高い声が聞こえてきた。えつ子が単刀直入に話を切りだした。

「きみと悠也くんのことよ」

「どういうこと？」

「ひょっとして、きみたちは二人でエッチなことをしていない？」

「えーッ、どういうこと、それって……」

　意外な質問に驚き慌てたような史明の口調。

「きみが小学生の頃、悦史にされたようなことよ」

「あ、そういうこと……」

しばらく黙っている息子をえつ子が促した。

「ママ、ちょっと心配なの。きみがママの下着を持ちだして着けてたりお化粧したりするのは、前も話してるとおり家のなかでやってるぶんには禁止するつもりはないのよ。だけど悠也くんが影響されてきみとエッチなことをしてると、その影響を受けてゲイ——ホモになってしまうかもしれないでしょう。そのことを考えると心配になってきたのよ。悠也くんは比紗絵さんのひとり息子ですからね、そうなったら私、責任感じてしまう。分かる？」

「う、分かるけど……」

息子が口ごもっていると、えつ子の声が少し厳しくなった。

「どうなの？　私が知りたいのは悠也くんときみがエッチなことをしているか、してたらどこまでやってるのか、そういうこと。ママにちゃんと本当のことを言わないと、もう下着なんか使わせないわよ」

美少年の声が怯《おび》えたように震えた。

「うん、分かったよ……」

「こっちに来なさい」

母親が命令し、息子が指示された場所まで動いたようだ。比紗絵にはその位置関係は分からない。たぶんえつ子はベッドの端に座り、史明はその前に立っているのではないだろうか。また母親が質問した。

「エッチなこと、してるんでしょう?」

美少年はしぶしぶと頷いたようだ。

「うーん、じゃあ言うけど……悠也くんに、その……最初は手だけでイカせてあげてたけど、どうしてもって言われて、チン——ペニスを口で舐めたり吸ったりしてあげた。というかあげてる」

そのことは比紗絵から知らされていたからとっくに知っていることなのだが、えつ子はわが子の告白を大げさな表情と身振りで受け止めたようだ。

「やっぱり……。つまり、フェラチオをしてあげてる、ってこと?」

「うん……。悠也くんは強引だから、どうしてもやれと言われて……」

史明の声はか細い。

「それは口の中でイクということ? 精液をあなたの口のなかに出すの?」

直接的に問われ、史明は肯定したようだ。「はあー」と感心した声。

「それだけ？　それ以上のことはしてないの？」

「……」

史明がどこまで告白したものか、言葉をためらったところでパシッと肌を叩く音がした。

「言いなさい、ちゃんと！」

えつ子が息子のどこかを叩いたようだ。平手で頬を張ったのだろうか。比紗絵は思わず首を縮めた。彼女はこれまで自分の息子に平手打ちを与えたことなどない。

史明が少し泣き声になって答えた。

「そのあと、お尻を出させられて、肛門からペニスを入れてくるんだ」

「はあー、そこまでやるか。エッチな男の子だもの。きみは受け入れてるのね？」

「イヤだけど、悠也くんにはかなわないから」

「あそこはペニスがすんなり入るところじゃないでしょうに」

告白する中学三年生の声は、比紗絵が聞き取りにくいほど小さくなった。

「うん……そうだけど。押さえつけられて何回かやってるうちに入るようになった。

そうしたら……」

「そうしたら何よ？」

「悠也くんがぼくのペニスをいじるんだよ。後ろから手を回して……」

「ははあ、それで気持よくなったんだ」

「だって、従わないといつまでも帰してくれないし」

（まあ、悠也ったら、なんてこと。史明くんを脅かして嬲《なぶ》るなんて……）

息子の性格や気性を知っている比紗絵は、美少年の告白が本当だと思った。えつ子のほうは疑っているふうだ。

「本当に無理やりさせられてるの？　きみが誘ったんじゃない？」

「違うよ。そんなこと、痛いし恥ずかしいし、したくなかったもの」

「そうだとすると、悠也くんはゲイということになるよ。ふつうの男の子だと女の子に興味を示すけど、きみにそこまで執着していじったりお尻に入れたりするって、それはふつうじゃないもの」

「うーん、違うと思うけどな……」

史明は母親の誘導尋問を否定した。

「どうして違うの？」

「悠也くんはたまたまぼくが女の子っぽいから、そうやって悪戯してくるんだよ。本当は女の子が好きなんだ」

それはえつ子がさっき、比紗絵に言ったことである。美少年の息子は母親の推測どおりのことを言っているのだ。

「ふーん、本当にそうかな？」

えつ子は信じない口調で、さらなる反応を引きだそうとしている。

「本当だよ。だって悠也くんはインターネット見ててもふつうのエッチなサイトを見ているよ。ゲイだったらそういう方面のサイト見るでしょ。そういうのには興味を示さないもの」

「まったく、きみたちにパソコンを与えてもそういうの見てるかゲームばっかりなのね……」

えつ子がため息をついた。比紗絵も自分が使うノートパソコンとは別に、悠也には自分の部屋にデスクトップの安価なパソコンを買い与えている。インターネットにもつなげる。そういうアダルトなサイトには接続しないようにと言ってはあるが、それを禁止しても結局は見ているのだ。そこまで監視し干渉することはえつ子にも比紗絵にもできないことだ。

「でも、悠也くんが本当に男の子に興味がなければ、きみのお尻に入れたりしないと思うけどなあ」

えつ子がまだこだわって質問する。ゲイではないという確信できる言葉を盗み聞きさせている比紗絵の耳にハッキリ聞かせたいのだ。

「お尻に入れたりするのは、本当は女の人のお尻に入れたいんだよ。ホームページで女性のお尻に入れたりするサイトを見てて、それでぼくのお尻に興味を持ったと思う」

「へえー、そういうサイトまで見てるのかあ。そうやって刺激されて、でも回りに女の子がいないから、それで悠也くんがきみを女の子のかわりにしたわけね」

だいたい納得してきて、最終的な確認を求めている。

「そうだよ。だからイッたあとは全然、ぼくの体に興味ないって顔してるもの」

「おや、まあ」

今度は比紗絵がいたたまれない気持になった。これでは一方的に悠也が史明を玩具にしているということだ。

「ということは悠也くんもまだ女の子と経験がないということ？　童貞なのね？」

「そうだよ。ぼくのお尻で最初に満足した時、『これでおれは童貞でなくなったのかな、違うよな。やはり女の子とやらないと本当の童貞喪失にならないよな』なんて言ってたもの。ぼくのほうがその点、ママがいるから幸せだよ」

「ああ、ところで」

えつ子が息子の言葉をさえぎった。何かそれ以上のことを言わせたくない――比紗絵に聞かせたくない――意志が感じさせられた。

「どうして悠也くんがきみに女の子のかわりをさせる気になったの？　いくらエッチなサイトを見てムラムラしてるからって、きみを性欲のはけ口にするには、それなりのキッカケというか理由があったんでしょう？」

「うん、それはね……。悠也くんとふざけて取っ組みあってる時、ぼくがママのキャミソールとパンティを着けているのに気付いて、いろいろ言ってきたんだ」

「それはどこで？」

「えーと、悠也くんの部屋で」

「えーッ、それは約束違反ですよ。ママは、この家のなかでだけ楽しみなさいと言ったはずよ！」

尖った声でえつ子が叱った。

「ごめんなさい……」

しょげた声をだす史明。母親に先を促されて、その時は去年の冬休みのことだったと告白した。そうすると九カ月以上、二人の関係は続いていることになる。

その時の悠也は、彼がなぜ母親の下着を身に着けているのか知りたくて、力に任せて体力で劣る史明をレスリングの関節技で責めて白状させたらしい。悠也は親友に対しても冷酷になれる一面がある。そのことは比紗絵も薄々気がついていた。

「それって拷問と脅迫じゃない。きみ、ママとのことを悠也くんに全部話しちゃったの!?」

悠也の責めに屈服したと知って、えつ子が驚いて、咎《とが》める調子の声をあげた。史明が否定した。

「それはしゃべってないよ、どうしてママの下着を好きになったか、とかそういうことだけ。ママはそのことを知らないことになっている」

「だったらいいけど」

と、安堵するふうのえつ子。

「いずれにしろ悠也くんがゲイでなければ、比紗絵さんも安心することだから」

えつ子はもう尋問する必要はないと考えたらしい。

「もう起きていい？」

「ダメ」

「えーッ、どうして？」

「アヌス。お尻の穴を検査しないと」

「どうして？」

「だって悠也くんにペニスを何回も入れられたんでしょ？　傷ついてるかもしれない。放っておいたら痔になるでしょう」

「大丈夫だよ、悠也くんはいつもオロナインを使ってるから痛くないもの」

「分からないのよ、そういうのは。イヤなら抜いてあげません」

「そんな……。だったらいいよ」

「じゃあお尻を持ちあげて」

その会話の途中で、盗み聞きしている比紗絵は驚いてしまった。えつ子が心配になって息子の肛門を気づかうのは当然だが、今、比紗絵がすぐ近く、声が聞こえるところにいるのだ。何もそんな時にしなくてもいいことではないか。

(どうなってるの？　えつ子さんたら……)

ずうっと気になっているのは、母と息子の位置関係だった。それを知るためにはドアを開けなければいけないが、このドアは内側に引いて開くようになっている。ドアを開けても彼らの姿が見えるまでにはかなり開けてからさらに顔を突き出さないと無理だ。そうなるとえつ子や史明が気がつくだろう。

その瞬間、足もとの薄明かりに気がついた。照明を消したのだから窓のないこの小部屋は真っ暗になるはずだが、そうではない。ドアの下からかなりの光が入ってきてドアの近くの床を照らしている。よく見ると、ドアは下端は床までぴったりではなく、かなり隙間があるのだ。五、六センチはあるだろうか。おそらく閉めきってしまうと小部屋はまったく密閉されてしまうので、換気のためにわざとドアの下側をそれだけ開けてあるのだろう。

(ここからなら、向こうが覗ける……！)

とはいえ、そのためには腹ばいにならなければいけない。顔を下げ、頬が床につくまでにしないと向こうは覗けない。

(ええい、こうなったら……)

比紗絵は座っていたスツールからそうッと立ち上がり、膝を折って床に這った。バッタのように這いつくばり、顔をドアの下の隙間へと持っていった。予想どおり、そこからだと見上げる形で寝室のなかが見える。こちらは暗いのだから彼らの側からは自分の存在は知れないはずだ。

(えッ!?　やっぱり……！)

そうではないかと思っていた光景が目に飛び込んできた。それでもショックだった。

ハッと息を呑んでしまった。

ダブルベッドの足元のほうから見ているのだが、えつ子はベッドの右手、ベッドカバーの上から腰を降ろしている。そして息子の史明はこちらに尻を向けるようにして母親のスカートの腿の上に腹部を載せている。つまりうつ伏せになっている。

白い桃を思わせる輝きが眩しい。十六歳の美少年は上はTシャツで下は学校の制服のグレーのズボンを履いているのだが、それを下着ごと足首のところまで引き降ろされているのだ。

(まるでお仕置きを受けるみたい)

比紗絵はそう思った。親が小さい子供を叱責してお仕置きする時、そのようにして膝の上にうつ伏せにさせ、尻を叩く。史明はまさにそういう姿勢だ。さっき「ここに来なさい」と言われた時、すでにそういう姿勢をとっていたに違いない。

(じゃあ、あのピシャッという音は頬を叩いたんじゃなかったのだ)

顔へのビンタだと思ったのは、尻たぶをひっぱたく音だったのだ。頬を叩くのと尻たぶを叩くのでは、だいぶ差がある。

(ということは、えつ子さんはこれまで、こうやってお尻を叩いて躾《しつけ》してきたのね……)

それにしても史明は悠也と同じ年齢の高校一年生なのだ。

「さあ、もっと股を開いて」

自分の膝の上で丸出しの尻を突き上げている息子に命令する美しく高雅な雰囲気の母親が、今は目が輝いている。比紗絵はハッと胸を衝《つ》かれる思いがした。そんな表情を今まで見たことがなかった。

「恥ずかしい……」

「ふむ、どれどれ」

尻朶の谷間に指をあてがい、その部分を押し広げてからえつ子は顔を近づけていった。おそらく清潔なのだろう。

「見た目は何でもなさそうね」

「だから大丈夫だって」

「内側はどうかな。ちょっと待って」

体を起こし手を伸ばしてベッドサイドの小机の上から何かを取りあげた。

何かチューブに入ったクリームのようなものだ。その中身を右手の人さし指につけてからぐいとアヌスの中心に突き立てた。

「ひッ、ママ……」

美少年がびくんと背を震わせた。

「おとなしくして。内側に傷がないか調べてるんだから」

白いとろりとしたクリームで潤滑した人さし指をゆるやかに回転させながらねじこんでゆくえつ子。人さし指は根元までずぶッと動かした。

「ふむ、どこにも傷はなさそうね……」

「あー、うう、ひどいよ、ママ」

泣き声をあげる史明。スルリと指を引き抜いたえつ子がティッシュペーパーでそれを拭う。

「なにがひどいものですか。悠也くんに入れさせて楽しんでるきみのほうがよっぽどひどい息子です」

「楽しんでなんかいないよ」

「何言ってるの。悠也くんにいじられて勃ってイッてるんでしょう。ほら、今だってこんなに……」

「ああ、やめてッ」

暴れるのを首根っこを押さえつけるようにして、叱る声になったえつ子だ。

「そんな遊びをしてることを黙ってた罪もあるから、お仕置きは逃れられないわよ。

百回ね」

「えー、百回も……？」

「そうよ、覚悟しなさい」

しばらく沈黙があって、いきなりビシビシという肉を打つ音がたった。それは昨日、ガレージのなかで聞いた音と酷似した残酷な音だ。

「あッ、うッ、うー……」

史明の呻き声と叫びが比紗絵の鼓膜を搏《う》った。

（えつ子さんがお仕置きをしてる……）

比紗絵は好奇心を駆り立てられた。この母と息子の関係はひどく奇妙だ。比紗絵は息子の性的な問題にはなるべく触れたくないのに、えつ子は自分の下着を息子が身に着けるのを許している。同性の友人との間にゲイ的な行為があっても驚かないしひるまない。

（どういう親子なの……？）

えつ子は左手で息子の胴体を押さえ、右手を振り上げて振り降ろし、覆うものがない白い尻たぶを平手打ちしている。

母親が息子の尻を叩いて仕置きするなど、小学校でも高学年になったらまず実行しないだろう。それなのにこの母親は、十六歳にもなった息子の尻を丸出しにしてスパンキングの罰を与えている。そんな母と息子が、今の世にあるだろうか。

(どうなってるの……?)

昨日の窃視行為以上に、体がガタガタと震えた。

やがてえつ子は打ち叩くのを止めた。百回もスパンキングを受けた史明の白かった双丘は、今は真っ赤に染まっている。彼女の顔は上気して汗ばみ、その美しさに比紗絵は息を呑んだ。

「では、ご褒美をあげる……」

息子を立ち上がらせて、えつ子も立ち上がった。史明の股間でペニスは恐ろしいほどに力を漲らせて、四十五度の仰角で天を睨んでいる。その先端からは透明な液が溢れ、糸をひいて床に滴り落ちている。

母親に尻を打たれ、十六歳の美少年は激しく興奮しているのだ。

えつ子はそのままベッドカバーの上に仰臥した。足は床につけたままだ。

下半身は露出したままの息子が覆いかぶさるようにしてセーターをまくりあげ、ブラジャーのカップを押し下げて、母親の乳房に吸いついた。ちゅうちゅうと音をたてて吸った。うっとりとした顔になり半眼を閉じた熟女は、手を息子の下半身に伸ばした。

（ああ、なんてことを……）

比紗絵は眼前で展開されている行為が信じられなかった。

史明はベッドについた肘と膝で体を持ち上げているから、下腹部に母親がどのような愛撫を加えているのか、窃視者には一目瞭然だ。

「ああ、ママ、気持いい……」

巧みに指で揉まれ、しごかれる美少年は甘えたような呻き声をあげ、裸身をうち震わせながら再び乳房に吸い付く。

数分して史明は限界に達した。えつ子はすばやくスカートの内側に手をやった。白いレースの多いパンティを脱いで、それで息子のペニスをくるんだ。

「ママ、ああ、イク、イク……！」

史明は母親のすべすべした下着の中にしたたかに噴き上げて果てた。その時、美少年が発した歓びの叫びは、いつまでも比紗絵の耳に残った。

ぶるぶると震える丸い尻。ドクドクと精液がペニスから噴き上げ、くるみこむパンティの布地を濡らす。

「はあはあ、はあ……」

荒い息をつきながら余情にうち震えている息子。その汗ばんだ額に軽くキスしてやりながらえつ子が言った。

「さあ、このままで」

仰向けに横たわったままのえつ子に言われて史明がベッドから降り立った。果てたペニスを母親が穿いていたパンティで拭うとそれを持ったまま母親に訊いた。

「これから会うけど、悠也くんが『やりたい』って言ってきたら、何て言ったらいいと思う？」

「エッチなことをしようとしたら、私に言われたからもうダメだ、って断わりなさい。悠也くんのお母さんを心配させないためだ、と私が心配してるからと」

「うん、分かった……。でも悠也くんはきかないと思うけどなあ」

史明の声は心もとない。悠也との関係では従属する立場にいるからだろう。

「それでも断わるの。絶対ダメだって」

「はい、そうするよ」

パンツとズボンを引き上げて身じまいした少年は母親の寝室を出ていった。寝室のドアが閉まると同時に比紗絵は立ち上がった。えつ子が体を起こす。

「さあ、出てきていいわよ」

第四章　誘惑のランジェリー

比紗絵はウォークイン・クロゼットから出て、ダブルサイズのベッドに仰臥したままのえつ子を見降ろす位置に立った。

えつ子の顔はピンク色に染まって汗を滲ませている。スカートは下腹部を隠しているけれど薄いサマーセーターはまくり上げられ、ブラジャーのカップは押し下げられ、バラ色の尖った乳首は息子の唾液で濡れている。部屋の空気には栗の花によく似た青臭い匂いが漂って比紗絵の鼻腔を刺激した。

物憂げに身を起こし、はだけた乳房をブラジャーに押し込みながらえつ子は言った。

「聞いたでしょう？　悠也くんはゲイじゃない。あの子の観察は確かよ」

「ええ、私もそう思う。ありがとう」

比紗絵はえつ子の顔を見ないようにして礼を言った。今しがた自分の手で息子を射精させた母親の顔を直視できない。

えつ子は乱れた髪を手で直してから、共犯者的な笑みを浮かべて言った。

「それに見たんでしょう？　私があの子に射精させてあげたのを」

「えッ⁉」

ズバリと言われて比紗絵はドギマギした。ドアの下の隙間から覗いていたことをどうして知ったのだろうか。えつ子は白い歯を見せてぷっと笑った。

「あなたの態度で分かるわよ。見ちゃいましたって顔に書いてある」

「ごめんなさい。そのつもりじゃなかったけど」

「本当はあそこまでするつもりじゃなかったんだけど、あなたがクロゼットのなかにいると思ったら妙にヒートアップしちゃって……。本当は悦史のことにしろ、誰にも隠しておかなきゃいけないことなんだけど、あなたには知ってもらいたい気がして」

比紗絵は理解したふうに頷いた。

「つまり悦史さんにしたように、史明くんの〝毒抜き〟をしてあげてるのね？」

「そうなの」

サマーセーターをちゃんと着込んで、いつもの令夫人の雰囲気をとり戻したえつ子だが、そのスカートの下にパンティを着けていないのを比紗絵は知っている。

「悦史が関西へ行ってから史明が私の下着をいじりだしたって言ったでしょう？　それで話し合った時、彼のほうから『お兄ちゃんみたいにぼくも毒抜きしてほしい』って言いだしたの」

「まあ、それじゃ悦史くんとのことを気づかれていたのね？」

「用心深くしていたけど、このマンションと違って狭い家だったからどうしても」

立ち上がったえつ子は作り付けの戸棚の扉を開いた。まるでシティホテルの設備のように扉の内側には小型の冷蔵庫がしつらえられ、ちょっとした飲み物が用意できるホームバーになっていた。

女主人は透明な瓶に入った緑色の液体をグラスに注ぎながら言った。

「とても体によい韓国のお茶があるの。ハーブティと言ったほうがいいかしら。ひと口お呑みなさいな。私、喉が乾いちゃって」

そろそろ店に戻らないといけないと思った比紗絵だったが、えつ子にすすめられるまま化粧机のスツールに座ってグラスに注がれた緑色の液体を呑んだ。それは冷たくて不思議な香りと味がした。決して不快なものではなく、カラカラになっていた喉を心地よく潤してくれた。

「どう？　おいしいでしょう」

「ええ、何ですか、これは？」

「高麗人参が原料なの。活力を与えてくれる。私、このおかげで元気よ。更年期障害にもいいんだって」

「それだったら私もそろそろ必要かも……」

「あら、何なら安く買えるようにしてあげる。夫の関係の業者だから」

何も疑わずにもう一杯のハーブティを注がれ、比紗絵はそれも飲み干した。ふと思いだして謝罪の言葉を口にした。

「私、謝らなくては」

「何を？」

「史明くんの話だと、悠也のほうが強引に彼をエッチなことに誘いこんだみたい。悪いのは悠也だわ」

「まあ、史明だってどこまで本当のことを言ってるか。どっちもどっちだと思う。悠也くんを一方的に悪者にしてはいけないわ」

「だって……」

言いながら比紗絵は異常に気がついた。ふうっと意識が薄れてきたからだ。と同時に体が熱くなる。

「あ、私……」

空になったグラスが床に落ちて転がった。それを拾いあげようとして立ち上がった人妻は、ふかふかしたカーペットに前のめりに倒れこんだ。

「あらあら、どうしたの？　貧血を起こしたみたいね。ちょっと横になったほうがいいわ」

ベッドの縁に座っていたえつ子が駆けよってきて比紗絵を抱き起こした。されるがままベッドカバーの上に仰向けに寝かされた。

「どうしたのかしら……なんかめまいが……」

「単なる貧血だと思うわ。睡眠不足じゃないの？」

そう言われれば思いあたる。昨夜はなかなか寝つかれなかった。息子とその親友の異常な行為を目撃したせいでもあるが、久しぶりに見た悠也の裸身の、その股間に屹立していたペニスが脳裏から離れなかったせいもある。思わず目を疑ったほどの力強い勃起を遂げ、下腹にくっつきそうなほど急角度に勃起していた。包皮は完全に翻展して、露呈された亀頭は艶やかに濡れ輝いていた。

夫を失う前から性行為は間遠になっていたから、熟れた肉体を持ちまだまだ瑞々しい魅力を放っている人妻は、三年ほども男性の肉体に触れていない。

(ダメよ、悠也のペニスを見たからって……)

必死になって自制したものの子宮の疼きに耐えきれず、パンティの下に指をくぐらせると、そこは熱く湿っていて……。

結局、夜が白むまで比紗絵は呻き悶えながらオナニーに狂っていたのだ。これまで何度かオナニーをしたことがあったが、いつもは一度絶頂に達すれば快い疲労感から眠りに落ちてゆけたのに、昨夜は違った。何度も何度も女の肉芯は指を求めて疼き続けたからだ。

母親の寝室は一階で悠也は二階だ。それでなければ彼女がベッドの上でのけ反りながら何度もあげたオルガスムスの声は彼の耳に入ったかもしれない。

「さあ、目を閉じて。少し眠るのよ……」

赤子をあやしつけるようなえつ子の声が遠くから聞こえる。比紗絵は深い眠りにひきこまれていった――。

意識が戻ってきた時、比紗絵は薄闇のなかにいた。

しばらくは自分がどこにいるのか、まったく分からなかった。

分かるのは全裸だということ。ふかふかしたベッドの白いシーツの上に仰向けに横たえられている。それも奇妙な姿勢で。

両手を頭の上に伸ばして手首を合わせている。自分で合わせているのではない。紐のようなものでくくり合わされているのだ。

記憶と判断力が戻ってきた。

（私、えつ子さんの寝室にいたはず。そこで眠ってしまったのに……）

起き上がろうとして腕が持ち上げられないことに気がついた。手首をくくっている縄の一端がベッドの四隅に立っている真鍮の柱に結ばれているのだ。これでは起きあがることもできないし、ましてベッドから降りてどこかへ行くこともできない。

（いったい、どうしてこんなことに!?）

一瞬、パニック状態に陥って、縄をひっぱるようにバタバタと暴れた。四本柱をもつ骨董的に古風な形のダブルベッドが軋《きし》んだ。しかし無駄だった。縄はしっかりと結ばれている。

（落ちつくのよ！）

比紗絵は必死になって自分に言い聞かせた。

（こんなことをするのは、最後に一緒にいたえつ子さんしかいない……）

急に意識が遠のいたのは、何か薬物を服ませられたに違いない。だとしたらそれは、えつ子が煎《い》れてくれたハーブティに入れられていたに違いない。

（でも、どうしてそんなことを……？）

さっぱり分からなかった。

一時は心臓が喉から飛びだしそうに跳ね躍っていたのが、しだいに収まってきた。

(ともかくここはえつ子さんの部屋なのだから、私は誘拐されたわけではない)

分からないのはパンティまでも脱がされた全裸でいることだった。首をねじって見渡すと、着ていたもののうちキャミソール、ブラジャー、パンティ、パンストなどの下着類は化粧机のスツールに畳んで載せられている。それらを脱がされたということは、自分の全裸を、性器の部分までも見られたということだ。羞恥と屈辱感で身悶えしたくなった。肌が火照った。分厚いカーテンで閉ざされた寝室のなかは、全裸でいても暑くもなければ寒くもない、そういう気温に調節されている。

(こうなったら……)

「えつ子さん……!」

叫ぶまでにはいたらない声をだして呼びかけてみた。大きな声をださなかったのはマンションのなかにいるかもしれない史明に聞こえないようにだ。

「あら、目が覚めたのね」

えつ子の声がしてふいにドアが開いた。さっき比紗絵が盗み聞きしていたウォークイン・クロゼットのドアだ。

寝室の照明はベッドサイドの小机に載せた小さなスタンドの、それも調光されてギリギリまで絞られた僅かなものだったから、小部屋の側の明るい光にえつ子の姿が逆光による黒いシルエットとなって比紗絵の網膜に飛び込んできた。

「あ……！」

比紗絵は息を呑んだ。まるで別の人間ではないかと思ったぐらいだ。

非常に気品のある、女優のような華やかさも放つ美人の人妻は、全裸のように見えた。

しかし、これまで完全に消されていた寝室の照明を明るくした時に浮かびあがったのは、セクシーなランジェリーを纏った、同性の比紗絵が息を呑むほど妖艶な姿に変身した姿だった。たぶんクローゼットのなかで着替えていたのだろう。

「これはいったいどういうこと？　なにかふざけているの？」

甲高い叫び声にならないよう自制して、できるだけ落ち着いた声で質問した。その語尾は自分でも分かるほどに震えた。

「ふざけているわけじゃない。私としては真剣よ」

薄笑いを浮かべベッドに歩み寄ってきた年上の人妻は、ベッドに這い上がってきて仰向けに寝かせた比紗絵の裸身の膝のところを跨ぐようにして膝で立った。両手は腰にあて、教師ができの悪い生徒に対するように優位を見せつけて。

（この姿は……！）

なぜ自分が裸にされたか、それは今、眼前にスラリと均整がとれ、無駄な肉の少しもついていないようなえつ子の肉体を見たときに直感的に理解できた。

（私とセックスするつもりなのだ。レズビアンとして）

キリリとした美しさ、スポーツウーマンのように引き締まった肉体、キビキビした動きともの言いなどから、比紗絵はなんとなくこの美人人妻にレズビアン的なものを覚えていた。

しかし有能な医師の妻として二人の子供を育てる良妻賢母の顔を見ていれば、まさかレズビアンだとは思えなかった。

だが、そうだったのだ。でなければ薄い黒いナイロン製の、手で引きちぎれそうなデザインで、乳首の部分が丸くくりぬかれたカップを持つブラジャーを着けるだろうか。さらに腰に黒いガーターベルトを着け、黒い網ストッキングを穿いて四本のサスペンダーで吊るだろうか。

パンティは穿いていない。女の最も神聖な部分はまったく覆われていず、唖然としている比紗絵の網膜に灼きつけられた。

彼女の亀裂の周囲にはまったく陰毛が見られなかった。幼女のようにツルツルとしている。秘丘の部分に少しだけ黒い逆三角形の繁みが人工的に生えているだけだ。もちろん左右の秘唇はたっぷりと厚みを帯びて赤みがかった濃いセピア色を呈して、それは性体験の豊かな熟女の眺めだった。驚くのはどちらの肉の花弁もよく発達して蝶の羽根を思わせるぐらい左右対称に展開していることだ。

「ふふ、驚いているわね。まあ待ってなさい、あなたに愉しい時間をあげる。これはそのための準備よ。……大丈夫よ、お店にはちょっと体調が悪いけど、あとで電話すると言っておいたから。湯原《ゆはら》さんというの？　あのパートの奥さん。彼女は遅番の子に早めに来させるから、閉めるまで二人で大丈夫だと言ってた。それに、これからあなたの家で悠也くんと会うって言う史明には、お金を持たせて、悠也くんのお母さんは私のところに用があって訪ねてくるので遅くなるから、悠也くんとどこかで食事しなさいと言っておいた。つまりあなたは今、仕事からも家からも開放されているってこと。何もかも忘れて、私と快楽の時間を過ごしましょう」

熱っぽい言葉を吐きかけながら、えつ子は悩ましい寝室用にデザインされたセクシーなランジェリーに包んだ裸身を比紗絵のオールヌードに重ねてきた。

「む……！」

いきなり唇に唇を重ねてきた。びっくりして背けようとする顔を、えつ子の両手が挟みこむ。

シュル。

蛇のように唇をこじ開け、熱い、濡れた舌が年下の未亡人の口腔に滑りこんできた。

（いやッ、やめて……！）

叫ぼうとしてもぴったりと唇が塞がれているので、声はもうだせない。歯をこじ開けて舌に舌がからんでくる。

「うー……」

なおも暴れたが、甘い唾液がとろりと流しこまれ、舌ばかりではなく歯茎から歯から口のなかのすべての粘膜をえつ子の舌でかき回されるように舐められるようにしゃぶられるようにされると、カーッと全身が燃えるように熱くなり、せっかくとり戻した理性がまた溶けるようにして失われていった。

（ああ、気持いい……！）

こうやって舌を差し込まれて吸われるような、情熱的な接吻など久しぶりのことだ。夫が亡くなってからはまったく男性に抱かれたことはなかった。いや、夫が生きていた頃も、夫婦の夜の営みは間遠になっていた。だから夫の晴之にもこのようなキスをされたのは、三年以上も前のことになるだろうか。

（ああ、なんてこと？　私、えつ子さんにこんなことをされるなんて夢にも思っていなかった。まさかレズビアンだなんて思わなかったから……）

いつの間にか自分のほうからも積極的に舌をからめ、チュウチュウと相手の唾液を吸うようにしながら、ボーッとした頭でそんなことを考えた。

しかし結婚して夫がいて子供も二人生んだのである。夫の存在はなぜかこの家では影が薄いが、今現在でも夫婦でいることに変わりはない。その熟女人妻が比紗絵を抱いて濃厚な接吻を浴びせる。では、男性でも女性でも相手にできる、バイセクシャルという体質なのだろうか。

「ふふ、かわいいわね。これが子供を産んだママの体とは思えない。ふくふくして柔らかくて……。あなた、男にも女にも抱かれていないんでしょう？　これだけよく熟れているのに、もったいないわねえ……」

一度、唇を離したえつ子がそう言った。彼女は比紗絵がセックスから遠ざかっていることを察している。そのとおりなのだ。

えつ子の指が熱く火照り、じっとりと汗ばんだ肌を撫でまわす。両手を伸ばす形に手首をくくられ、腋窩《えきか》をさらすような姿勢をとらされているから、抵抗も逃げることもできない。

「あッ、はあ、はうう……！」

Ｅカップの乳房の丘を柔らかく、強く、時にはさするように揉みしだかれると、心地よい快感が子宮の芯からうねりとなって全身に広がっていった。さすが同性だけあって、乳房や乳首への愛撫は巧みだ。

ふいに唇が離れた。

チュウ。

乳首を吸われた。

「あうう……！」

びびッと強力な電流を流されたように全身が躍動した。背がシーツの上でのけ反った。嚙まれると脳が甘く痺れたようになった。

「感度がいいのね。思ったとおり……」

囁くようなえつ子の声は淫らな響きを帯びている。唇が耳たぶを咥え、舌が耳たぶの内側をチロと舐める。

「あーッ！」

大きな声をあげて裸身をのけ反らせた。そこが性感帯であることを夫の晴之は死ぬまで知らなかったから、一度もそんなことをされたことがない。そこを刺激されるのは人生で二回目のことだ。

さやさやと黒い繁みの秘丘を撫でられていた。それが秘裂に近づいてゆくと、無意識のうちに、比紗絵は股を広げ、腰を突き上げる姿勢をとった。これから与えられる淫らな刺激を待ち受け、歓迎するために。

「おお、こんなに濡れて……。白い液がぐしょぐしょ。そうそうパンティを脱がしてあげた時、クロッチがねっとり湿っていたわよ。私が一度拭ってあげないといけないぐらい。覗き見していた時に昂奮したんでしょう?」

包皮を剝き上げられ、ふっくりした敏感な肉の真珠をそうっと指の腹で撫でながら、えつ子は淫らな含み笑いとともに囁いた。

「そ、そんな……」

照明を浴びて輝く比紗絵の上気した顔がさらに赤くなった。実際そうなのだ。

「どうして昂奮したのかな。たぶん史明の裸を見たからじゃない? けっこう凛々《りり》しいペニスだったでしょう? 童貞だから亀頭もピンク色で……。悠也くんのもそうだった? あなた昨日、悠也が史明を可愛がっているのを覗いた時も、ハデにパンティを濡らしたんじゃないの? 昨夜はオナニーに狂ったんでしょう? 自分の息子の勃起したペニスを思いだしながら……」

「そんなこと、しません……ッ、ああ、ひーッ！」

否定した次の瞬間、敏感な肉芽を弾くようにされて比紗絵はビンと跳ねた。腰椎から脳髄に突き刺さるような甘いような痛いような鋭い感覚。

「ねえ、ちゃんと言いなさいよ。昨夜、オナニーしたんでしょ？　それで寝不足だったんじゃない。目が赤かったもの」

なんと鋭い観察眼だろうかと、比紗絵は呻き悶えながらも驚かされた。自分は他の女を性欲や性生活の観点から眺めることが少ない。

「さあ、どうなの」

えつ子の指は巧みにむっちり盛り上がった大陰唇のあたりを撫で回す。まだ娘時代のままのように可憐なたたずまいを残す内側の秘唇もいじられた。秘唇の奥からは熱い液が溢れているのが自分でも分かるが、その部分への侵攻は控えられ、もっぱら肉芽とその周辺が攻撃対象にされていて、それはまどろっこしいような疼きを子宮のなかでぐつぐつと沸騰させる。

「ああ、もっと……」

さっきのような鋭い甘美な感覚を欲しがって比紗絵は啜り泣くような呻き声でねだっていた。

「うふふうッ。淫らな子猫ちゃんはもっと撫でられたいのね？　じゃ、ちゃんと私の問いに答えなさい。まず最初の質問。悠也くんのペニスを見て、昂奮したんでしょう？」

ズバリと問われてウッと詰まった。

「そんな……。昂奮なんて……。サイズが大きいので驚いたけど……」

「欲しいとか、あれを入れて欲しいなんて思わなかった？」

「思いません、そんなこと」

「そうかなあ。まあ、ちゃんと見たと答えたことでご褒美をあげる」

クリトリスを強く刺激されて「うおー」という吠えるような声をだして熟女未亡人はベッドの上で裸身を跳躍された。それは釣り上げられた鮎のようだ。

「次の質問よ。昨夜、オナニーしたんでしょう？」

「し、しました……」

恥ずかしさに見悶えしながらも、さらに快美な感覚を望んで喘ぎながら正直に答えてしまった比紗絵。えつ子は満足そうに頷きながら、強く指を動かした。

「ああー、あうう！」

ビクビクと悶え跳ねる裸身。しわくちゃになったシーツがぐっしょりと汗で濡れている。

「あなたはクリトリスがよく感じるのねえ。ここ、舌で舐めてあげたら、どんなことになるかしら」

その言葉を聞いただけで下腹部をうち揺すってしまった。まるでそれを待ちかねていたかのように。

「ふーん、そういう経験はあるんだ。それも女の人にやられたことが」

まるで読心術でも会得しているかのようだ。えつ子の直感力がここまで鋭いとは比紗絵は思ったことがなかった。

「それはおいおい聞くとして、まあ、舐めさせてもらうわね。おいしそうな匂いをプンプンさせてるから」

とろりと白い愛液を溢れさせている秘唇のあわいから、上質なチーズのような乳酪臭がたち昇っているのは自分の鼻にも嗅ぎ分けられる。

未亡人が大きく割り広げた下肢の間にうずくまるようにしたえつ子が、短く刈った頭を沈めてきた。レズビアンの外見的な特徴が短髪にあるとしたら、まさにえつ子は最初からそうだったのだ。

「でも、やめようかな」

熱い息を肉芽に吹きかけるほど近づけてから、えつ子は言った。

「こういうことしてはいけないのよね？」

比紗絵は絶叫していた。

「ああ、お願い、お願いだから吸ってえ……ッ！」

次の瞬間、唾液で濡れた舌が女の秘密の庭をかきわけ敏感な粘膜を舐めた。溢れてくる愛液を何のためらいも嫌悪感も見せずに啜った。飲みほした。

「あうううー、あうー、うあー！」

えつ子の頭を両腿できつく締めつけながら比紗絵は強力な電撃を食らった人間のように下半身を宙に跳ね躍らせながらイッた。絶叫しながらイッた。

第五章　医師夫人の変貌

えつ子の巧みな舌づかいで敏感な肉芽を責められ、比紗絵は強烈なオルガスムスを味わわされた。

「やめて、ああ、もうダメ、あーッ！」

絶叫して何度も腰をはね上げ、身悶えして股間に吸いつく年上の女をはねのけようともがいた。

えつ子は華奢な比紗絵よりもしっかりした骨格と筋肉を持っている。腕で未亡人の太腿をしっかりと抱えながら、なおも舌を使いつづけた。

そういうことは初めてだった。自分でオナニーする時はもっぱらクリトリスだが、一度絶頂に達するとそれで終りにする。クリトリスが敏感になりすぎて、快感を味わうというよりヒリヒリした痛みに似た感じが強くなり、昂奮が覚めるからだ。あるいは昂奮が覚める結果、そうなるのか。

えつ子はそういう比紗絵の習慣など無視して、イッたあとのクリトリスをさらに吸い、しゃぶりたてるのだ。

そうすると不思議なことに、快美な感覚がまた湧き起こってきた。

(ええッ、そんなバカな……)

思う間もなく快感のうねりが比紗絵を飲みこんで、また激烈な電流が全身を流れた。

「ひー、ああう、ひいいい、いーいいッ！」

歓喜の声を張りあげてまた裸身を反らせていた。

何度そうやってイカされただろうか。もう叫びすぎて肺が呼吸困難を起こし、心臓が壊れてしまうのではないか、と思った時にえつ子は攻撃の矛先を変えた。

膣のなかへ指を差し込んできたのだ。

「あうー、ううッ、そこは……ああ」

比紗絵は泣き声をあげた。愛液が溢れている膣口から滑りこんできた指は、クリトリスの裏側を押したり撫でたりするようにし、さらにもう一本の指が……。

「いや、ダメ……あぁー」

泣き悶える裸身の反応が鈍いのにえつ子は最初、いらだつふうで、

「どうしたの、子猫ちゃん。ほら、もっと愉しみなさい。もっとイクのよ」

指で子宮口のさらに奥までぐいぐいと抉るように刺激したが、

「ん……？」

首を傾げた。比紗絵が膣のなかでは性感を味わいにくい体質だと気付いたのだ。

「驚いたわね、このなかでまだ思いきりイッたことがないの？」

呆れたような口調で言われ、比紗絵はしょげこんでしまった。

「ええ、そうなの……」

「じゃあクリトリスだけでしか感じたことがないのね」

「はい……」

「じゃあ亡くなったご主人とのセックスでも、入れられて気持よくなってイッたことはなかったわけ？」

「入り口のところは気持いいんですけど、全部入れられて動かれると、快感より痛いような感じが強くて、いつも『早く終ってほしい』と思っていました」

「へえー、それじゃセックスもあまり楽しくなかったわけだ」

「そうですね……。その点はあの人に申し訳なかったと思ってます」

小説のなかでエロティックな描写があると、女たちは挿入されて歓びを得ている。自分はそこまでの快感を得ていなかったので「不感症なのでは？」という劣等感のようなものを抱くようになっていたからだ。

夫の晴之が自分の肉体にだんだん興味を示さなくなったのは、あるいは自分が感じない体質だからではという懸念や罪悪感を抱き続け、それは今でも抱いている。彼女が再婚にあまり熱心でないのは、そんな体でまた人妻になっても、また相手を歓ばせられなかったら——と思う気持が影響している。

そういうすべてを、えつ子に打ち明けた。

「なるほど、そうだったのか。比紗絵さんは本当は息子のペニスを見ておま×こがぐじょぐじょになるぐらい猥褻淫乱な女なのよ」

「そんな……」

真っ赤になって悶えてしまう未亡人。

「だけど、ペニスを入れて突いてあげてもイッてくれないと、男にとっては不満なの。男というのは女をイカせてようやく自分に自信がつくものだもの」

えつ子は年下の未亡人を責める手を休めて、考えこむ顔になった。

「やっぱり不感症なのかしら」

比紗絵はおそるおそる訊いてみた。今までそんなことを相談する人もいなくて、口に出すこともはばかられたことを。

「あなたの膣の感覚が鈍いのは先天的なものではなく、クリトリスの性感が先に発達したからだと思うな。オナニーでもセックスでも、クリトリスでイッてしまうと、とりあえずそれで満足してしまうでしょう。だから膣のほうが開発されないのよ。あなたオナニーでも膣の奥へ指を入れたり他のものを入れたりしないでしょう」

言われてみればそのとおりだった。なんとなく嫌悪感と罪悪感があって、指でも浅く入れて入り口付近を刺激するぐらいだ。

「それがいけないのよ。好奇心が強い女の子は——実は私もそうなんだけどさ——子供の頃からいろんなものを入れてみようとするよ。私も体温計のようなものから初めて、中学でバージンでなくなるまで、ボールペンぐらいは奥まで入れていたよ。それでも処女膜は残っていたらしく、女子大生でビアンの家庭教師にディルドーを入れてもらった時はちゃんと出血したけどね」

艶麗な医師夫人はベッドサイドの小机から二つのモノを取りだしてきて、逃げる自由を奪われたまま仰臥している全裸の比紗絵に見せつけた。彼女は真っ赤になった。

ひとつは男性のペニスの形状をなぞった黒いシリコンゴム製のバイブレーターだった。

サイズは「並」だとえつ子は言ったが、比紗絵は夫のペニスよりはるかに巨大なサイズに見えた。思わず昨日目にした息子の怒張したペニスと比べてしまう。ほとんど同じぐらいに思えた。

えつ子は薄笑いを浮かべながら揶揄《からか》うようにそれを比紗絵の顔の前で振りながら訊いた。

「こういうもの使ってみた？」

「いえ、そんなものはぜんぜん……」

夫婦生活の間でも使っていなかったと答えると、えつ子は目をくるくるさせて驚いてみせた。

「それは……晴之さんも晴之さんね。あなたを喜ばすことに熱心でなかったのはよく分かったわ。奥さんにバイブの一本も使ってやらなかったとはね……。膣の感覚が向上しないはずよ」

彼女の意見では、結婚前に性感が豊かでなくても、夫が妻を歓ばせることに熱心であれば、妻の性感は目覚め、豊かになってゆくものだという。晴之はそういう情熱を妻に浴びせたことがない。

それまでの比紗絵の性生活は豊かなものとは言えなかった。

厳しい親に躾《しつけ》られたせいで、見合いで夫の晴之と結婚するまで処女を守りとおしたぐらいだ。

晴之はどこか性的には関心が薄く、夫婦の営みも妻をよがり狂わせるほど情熱的だったことは一度もない。そして悠也が生まれると潮がひくように妻に対する性的な欲求は減少した。月に一度あればいいほうで、時には三月に一度というのも珍しくなくなった。

子育てに熱中していた時はそれでも夫が自分に気をつかっているのだと思ったが、悠也から手が離れても晴之の性的な欲望は妻に向けられることはなかった。実際、亡くなる二年も前から三十代半ばの妻はもう未亡人と同じだった。

それほどのセックスレスな夫婦が壊れなかったのは、比紗絵が「男とは、夫婦とは、そういうものだ」となんとなく思っていたことと、それ以外のことでは頼りになる良き夫であり父親であったからだ。

出産を体験してもなお、比紗絵の性感は明らかに未発達のままだった。

おざなりな性交ですませられたため、肉体の深いところから湧き上がる目のくらむような子宮が溶けるようなオルガスムスというのを、かつて比紗絵は与えられることがなかったのだ。

時に体が疼いてオナニーすることはあったが、いつも罪悪感を覚えたので、決して夢中になるということはなかった。クリトリスを刺激してビビッと全身に電流のような鋭い快美感が流れると、それで終らせていた。

「そういうことであれば、やはり晴之さんの責任ね」

えつ子の言葉を信じた比紗絵は、ようやく晴之を憎む心を覚えたことだった。

「じゃあ、私が見本を見せてあげる。膣でどれぐらい感じるか」

いきなりそんな言葉がえつ子の口から飛びだした。比紗絵は耳を疑った。

「え……!?」

「女というものが、どれだけ膣で感じるものか、それを分からせてあげたいの」

乳首が露出したブラジャー、黒いストッキング、ガーターベルトという淫らな下着姿のレズビアンは、両手を頭の上で拘束された全裸の比紗絵の胴体を膝で跨いだ。

秘丘の部分にほんの少しだけ秘毛を逆三角に剃りのこしただけの秘部が、驚く比紗絵の、見上げる目の前に突き出された。

豊かに展開した淫唇のぶりッと厚めの肉の花弁を左手の人さし指と中指を使って割り広げると、膣前庭のピンク色の粘膜が、それこそ花びらをぱあッと開いた大輪の花のような豪奢な色彩を比紗絵の網膜へ送りこんだ。

（あ、きれい……！）

とても二人の子供を産んだとは思えない性愛器官の佇《たたず》まいだった。それは秘唇の黒ずみが少ないせいもある。食欲をそそるような酸味の強いチーズの匂いがぷうんと鼻をつく。

「さあ、これが私の膣。私に最高の快楽を与えてくれて、女に生まれてよかったと思わせてくれる器官。でも、その快楽を味わうにはこういったものが必要。いい？」

黒いシリコンゴムの人工ペニスをいきなり比紗絵の口元にあてがってきた。

「あなたの唾液で潤滑するの。さあ、舐めて」

「む……」

比紗絵は唇をOの字に開けて巨大なバイブレーターの亀頭部分を受け入れた。

夫のペニスにフェラチオしてやったことは、もちろん、ある。しかしこんなふうに強引に突きたてられ受け入れさせられたことはなかった。晴之は「いやだったら、いつでも止めるから」と言い、楽しむのも数分で、妻の唇で射精したことは一度もなかった。だからどうやったら男が歓ぶのか、舌をどう使うのか、ほとんど知らない。

もちろんえつ子はバイブレーターに対してそういう技巧を要求したわけではなく、比紗絵の唾液で潤滑することを求めただけなのだが、すぐに冷ややかに批評して比紗絵を落ち込ませた。

「やっぱりヘタねえ。しゃぶりかたがなってない。これでは男は歓ばないわよ」

ともかく二、三分もしゃぶらせてから唾液で濡れ、さらに黒光りするバイブレーターの、松たけ状の亀頭冠をピンク色の膣前庭に押し当てた。

ぶーン。

スイッチが入り、黒いシリコンゴム製の淫具は淫靡《いんび》に全長をくねらせながら同時に小刻みの振動を開始した。

「う、はあッ。ああ、気持いい……。うーん……」

右手のバイブレーターを巧みに動かしながら秘唇を開いている左手の中指でぽってりとしたピンク色の肉芽を刺激するのがまざまざと見えた。それは比紗絵がオナニーでやるのと同じスタイルだ。

違うのはクリトリスの勃起度だった。刺激されたクリトリスは雪の下から芽ぶく蕗《ふき》の薹《とう》のように、包皮を押しのけてぐんぐん膨らみ突き出てくる。最終的には小指の第一関節の長さぐらいの肉芽がニョッキリと飛びだしたのだ。

「ああ、見える？　大きくて長いのが突き出てきたでしょう？　もともとこんなに大きくはなかったのよ。調教されてこうなったの。おかげで今はすごく感じる体になってしまった。おかげですぐ発情する女にもなってしまったけどね……」

艶然とした笑みを浮かべて指を動かし秘核を刺激しながら、同時にバイブレーターで秘唇のあわいを擦《こす》りたてるえつ子。否応なく眼前でのオナニー行為を見せつけられる比紗絵は愕然とした。

（これがえつ子さん？　全然違うえつ子さんだ……）

今、自分の体を跨ぎながら女の最も恥ずかしい部分を堂々と見せつけながらオナニーをはじめている女が、良妻賢母を絵に書いたような、エリート勤務医の令夫人とはとても思えなかった。

「そろそろ濡れてきた。じゃあ入れるから、よく見てて」

ストリップ劇場でかぶりつきの客に特出しの演技を見せつけるストリッパーのような姿勢で、えつ子はさらに股をひろげ下腹を突きだすようにした。ぱっくりと割れたピンクの粘膜の下に喉の奥を思わせるような穴が見えた。膣口だ。その内側からはミルクを薄めたような白さの液がトロトロと溢れて出てきている。

（この人、私に見せつけながらオナニーすることで昂奮している……）

優越感のあらわな笑みを浮かべつつ、えつ子はバイブレーターを持つ手に力をこめた。

何か生命を持った動物が巣穴に潜り込むような印象を比紗絵に与えながら、人工ペニスの先端がピンク色の濡れた粘膜の奥へと埋没してゆく。

「ああ、あー、気持いい……。ふー、う、ウーン」

喘ぐような呻き声を洩らし、熱い吐息を噴きこぼす熟女人妻の艶冶《えんや》な肢体がわななき震えた。

するとと信じられないことが起きた。左右に広げていた蝶の羽根の形をした薔薇色のラビアが立ち上がったのだ。打ち込まれてきた黒いゴムの円柱を歓迎するかのように左右に別れた一種の円筒となった。

（ええッ、ラビアってこんなふうになるの？）

比紗絵は目を疑った。まるで膣が突出したような錯覚さえ覚える。

それからどれだけの時間が過ぎたのか、比紗絵は覚えていない。息をするのも忘れてバイブレーターを柔肉器官に埋め込んだえつ子が、それを巧みに操りながら自分をオルガスムスの渦へと巻きこませてゆくのをただ驚嘆の目で眺めるだけだった。

最初は自分で自分をじらすように抜き差ししていたのが、快美な感覚が高まってくると、獣のような唸り声をあげ、背をビンビンとのけ反らし、太腿に痙攣を走らせて悶え狂った。そのうち顔から首から胸から噴きだした汗がまるでシャワーのように比紗絵の顔にふりかかってきた。

最初のオルガスムスが爆発したのは五分もしないうちだった。それからは何度、オルガスムスがえつ子の裸身を跳ね躍らせたのか、比紗絵は数えるのを忘れてしまった。どう考えても絶叫は二十回以上、三十回は越えたような気がする。

「おー、おおおッ、あうーっ、ああ、いい、イクー！」

最後はバイブレーターから手を離し、両手で豊かな胸の膨らみをぐいぐいと揉みしだきながらヒップをうねうねとくねらせたが、埋め込まれた振動する人工男根は落ちる気配を見せなかった。つまり膣の内側の粘膜が強靭な力で締めつけている。

(信じられない。膣の奥でこんなに感じるなんて……)

それはこれまでポルノという類から無縁だった比紗絵を心底驚かせた体験だった。同じ女でありながら、えつ子は膣の奥を刺激するオナニーで自分が味わう何倍、いや何十倍もの快楽を味わっている。

「ぎゃあ、あうううー……！」

最後の最後、えつ子は白目を剝くようにしてひときわ高い叫びを放つと、のけ反ったまま体のバランスをとり戻せず、真後ろ、比紗絵の足元に横ざまに転がり倒れてしまった。

クイーンサイズ、大人が三人ゆうゆう並んで眠れるサイズのダブルベッドでなかったら、床に転がり落ちていたかもしれない。

ゆうに十分は失神したようになっていたえつ子は、ようやくフラフラと起き上がり笑いながらのしかかってきた。

「見た？　バイブレーターだけでもこれだけ感じて楽しめるのよ」

「うらやましい……」

比紗絵は思わず本音を口走ってしまった。

「うらやましいのだったら、私の奴隷にならない？」

えつ子が意外な言葉を口にした。「奴隷」という語などめったに耳にしたことがない。

「は？」

思わず聞き返してしまった。

「奴隷。まあペット奴隷ね。私がもともとはビアンだということ、よく分かったでしょう？　それに少しばかりサドなのも。でもこういう土地だと目立つことはできないから、少しマゾッ気のある魅力的な女性と愉しむことはなかなかできない。そのためにときどき、都心まで出てゆかなきゃならなかったけど、あなたなら十分で行き帰りできるところに住んでる。理想的だわ」

「それって、いったいどういう……？」

まだキョトンとしている比紗絵の下腹へ指をやり、秘核を撫でるえつ子が熱っぽい口調で告げた。

「だから、私に仕えるペット奴隷になれということ。そうすれば私はタチとしてサディスティックな欲望を満たせる。あなたは私に可愛がられて今まで眠っていた膣感覚が目覚めてゆく。豊かな性感を開発したいでしょ？　私の奴隷になったら、私が調教して膣でイクようにしてあげるわよ」

今はえつ子の言葉を信じないわけにはいかなかった。えつ子と同じ構造をした自分の肉器官のなかに、もっと甘美な快楽が味わえる能力が備わっていることを。

不感症ではないかと恐れていたのは、能力が欠けていたからではなかった。それを目覚めさせられなかっただけのことだ。

えつ子に直截に言われなくても、それは夫の晴之の怠慢であり罪であった。

（その点だけはあの人を許せない……）

唇を嚙んでそう思った未亡人だ。

（だったら……）

断わる理由はなかった。目の前にヌードを見せている年上の熟女は女の目から見ても魅惑的だ。彼女に接吻され愛撫され指でイカされることはちっともイヤではない。

生まれて初めての快楽を教えられた未亡人は、喜んで誓いの言葉を述べた。

「私、深見比紗絵は、堀井えつ子さまのご命令に従い、すすんでマゾ奴隷の調教を受けることを誓います……」

「よくぞ誓ってくれたわ。これであなたは私のモノよ」

えつ子は拘束していた縄をほどいて比紗絵を自由にすると、真っ裸の肢体を覆いかぶせ熱烈な接吻を求めてきた。

二人の裸女は汗で濡れそぼったシーツの上で転がるようにして抱きあい、舌をからめるディープキスを繰り返した。その間にえつ子の手指は比紗絵の秘部をまさぐり巧みに刺激したので、比紗絵はまたクリトリスでのオルガスムスを味わった。その時、えつ子はまた膣の奥をも刺激してくれた。

「あッ、ああ、あー」

今まで体験したことのない快美な感覚が生じて子宮を揺さぶった。腰椎を電流が走ったような気がした。

それでオルガスムスを味わったわけではないが、えつ子は満足そうに言った。

「大丈夫、あなたは眠っていた快楽回路が目覚めてきている。私の調教を受ければどんどん感じる体になるわよ」

楽しむだけ楽しんでから二人は一緒にバスルームに行き、互いの体を洗い清めた。

その時、仁王立ちで股を広げたえつ子の前にしゃがんでシャワーヘッドの湯を彼女の秘部にかけていた比紗絵は、ぷっくりと蝶の羽根のように左右に展開している小陰唇の、それぞれの上のほうに妙なものがあるのに気付いた。

穴だ。目を近づけると肉唇の左右対称の位置に、反対側まで突き抜けた穴が開けられている。それは彼女の耳たぶに開けられている穴と同じ大きさだ。

「それ、気付いた？　ピアスよ。ラビアピアス。私、調教を受けた時に開けられたの。今でもときどきご主人さまのところに行く時は、そこにピアスを嵌めるの。ここもそうよ」

自分のバラ色の乳首をつまみ、よくよく観察させた。比紗絵がそこを吸わされた時は気付かなかったが、確かにピアスを嵌められるほどの穴が貫通していた。

「私があなたに見せた淫乱な部分は、やはり調教でマゾ性を目覚めさせられてから花開いた部分なの。その前まではこれほど淫らでもなかったのよ」

「調教……。マゾ……」

えつ子が言うことが最初、理解できなかった。

「えーッ、ご主人さまって、あの、ご主人が……？」

もの静かな雰囲気の知的な印象が強い内科医、堀井憲一が自分の妻を残酷に責めて調教するサディストだとは思えなかった。

「あはは、違うわよ！」

大きな声をあげてえつ子が笑い、比紗絵はその意味が分からずにキョトンとした顔になった。

「分からない？　私はもともとレズビアンだったのよ。だから主人と結婚してからも寝室は別。そういう契約で結婚したの」

「えーッ」

今度は本当に驚いた。

「そんな結婚……どうしてしたの？」

「だって彼はゲイだもの。これ絶対に内緒だけど」

平然と言ってのけたえつ子は、驚きのあまり言葉を失っている比紗絵に、自分たち夫婦の秘密を告げた。

内科医の堀井憲一は、ゲイであることを隠して勤務医として働いていた。

彼の両親は早く結婚して孫を欲しがった。さほど裕福でもないのに苦労して医大を卒業させてくれた恩に報いるためにも、彼は結婚し子供を得たかった。

いろいろ考えた末、自分の本性を知った上で形だけの結婚をしてくれるような女性を探すことにした。それならレズビアンが一番いい。セックスの欲望は別の相手を求めればいい。

憲一はいろいろなルートを通じてそういう女性を探した。それで見つかったのが、まだ女子大生だったえつ子だった。彼女は少女期にレズの家庭教師に処女を奪われてから女性だけに欲情するレズビアンとして成長してきた。しかし彼女も両親がいて、娘の早い結婚と孫を求めている。同性愛の悩みは男女とも共通している。

さる人間を介して「ゲイの医師が形式だけ夫婦になってくれるレズの女性を望んでいる」と告げられ、彼女は憲一と会ってみた。

問題は子供だった。セックスしなくても今は人工的に妊娠させることが可能だが、問題はレズのえつ子が子供を産む気になれるか、ということだ。

「セックスさえしなければ、子供を産むのは気にならない」

えつ子は答えた。レズビアンだから母親にはなれないということはない。ゲイの男性が父親になれるように、妊娠や出産を厭《いと》わないで母親になりたいと願うレズビアンは少なくない。

二人は契約を結んで夫婦となった。彼女は約束どおり人工授精で妊娠し、悦史を生んだ。子供ができてしまえばまさか夫がゲイで妻はレズだと誰も思わない。

憲一は安心してゲイの男性を探しては欲望を満たしていた。えつ子はえつ子で自分のパートナーを見つけて愉しんでいた。

ある時、えつ子は自分が必ずしも男性を忌避《きひ》する、根っからのレズビアンではないことに気付かされた。

「そのきっかけがご主人さまなのよ。つまり私のマゾ性を見抜いて、男性に屈服して歓ぶマゾ奴隷として調教してくださったのがその人。いつか教えることになると思うけど……」

彼女がまだ女子大生だった頃、二十年近く昔の話だったという。

「ひょんな成《な》りゆきから、私、自分から進んで彼の調教を志願したのよ。一週間、監禁されて毎日調教されたわ。その間、自分はビアンだと思いこんでいた私のなかに、男性を求めているマゾヒストの私が眠っていたということを思い知らされた。だからご主人さまに調教されたおかげで、私は男性とも女性とも愉しめるバイセクシュアルの女性に変身できた。素晴らしいと思わない？」

えつ子の口をついて出てくる言葉は信じられないことだらけで、比紗絵は頭がクラクラするような驚きを味わったが、信じないわけにはゆかなかった。

なぜ夫婦は寝室を別にしているのか。それは最初からセックスを考えない結婚だったからだ。

思えばこの家で夫の憲一の影は薄い。めったに姿を見ることがない。学会などで出張も多いと言われていたが、彼は彼で自分のゲイの歓楽を他所で得ているのだろう。

しかし、美貌の医師夫人が夫以外の男性に女の歓びを教えこまれ、調教奴隷として徹底的なマゾヒストに変身させられたとは……。

(なんという夫婦、なんという家庭なの……！)

しかし疑問が湧いてきた。

「それじゃどうして史明くんを生んだの？　後継ぎを得るだけなら悦史くんひとりでいいのに？」

「それはいい質問ね」

えつ子は苦笑して説明した。

「悦史は主人の子じゃないのよ」

「えーッ⁉」

また驚きの声をあげてしまった比紗絵。何度発したことだろうか。

人工授精で憲一の精子を受胎し妊娠するという計画だったが、その過程で憲一の精子が極めて薄く、彼の精子だけでは受胎が不可能に近いと分かってきた。受精するのは一匹の精子だが、ある程度の精子が存在しないと卵子の殻を破れないのだ。

いたずらに出産の時期を遅らせたくなかった夫婦は相談し、別の男性の精子を提供してもらい、それを用いて受胎することに成功した。

「それは誰の精子だったんですか？」

えつ子は謎めいた微笑を浮かべた。

「それは絶対の秘密よ。知っているのは私と夫だけ」

そう言われれば、長男の悦史は夫婦のどちらにも似ていない気がする。

「私たちの親を安心させてやりたいだけの出産だったから、自分の種でなくてもかまわない――と最初は主人も思っていたのだけど、悦史が大きくなってくると、まったく自分と異質なことがハッキリしてきて、主人は違和感を覚えたのね。やっぱり自分のDNAを受け継いだ後継者が欲しい、ってゲイでも思うのね。だからもうひとり生んでくれって懇願されちゃったのよ」

妊娠と出産は女性の肉体にも精神にも負担をかける。悦史を産んだことで契約をすませたと思っていたえつ子はいやがったが、憲一は妻に対していろいろな条件を提示してウンと言わせることに成功した。

「ハッキリ言うとお金よ。実は私の実家が経済的に苦しくなって困っていたのを知って、援助するからとか、そういうことね。育児のために乳母のような人もつけるし、家事は家政婦をつけるからいっさいしなくていいとか……」

（そんなお金、どこから……？）

口に出せない疑問を自制した比紗絵の表情から、カンのいいえつ子はすぐに読み取ったようだ。

「一介の勤務医にそれだけのお金がどこから得られるか、不思議でしょう？　主人にはある組織がついてるの。暴力団じゃないわよ、秘密結社と言ったらいいかな、ほらフリーメーソンとかそういうの。主人のは政治にも宗教にも無関係な秘密結社。社会のあらゆる層にメンバーがいるから、何をするにも結社をとおせば簡単なの。そのかわり医学的な問題があれば主人がそれを引き受ける。分かるでしょう？」

堀井夫婦が分不相応なほどのマンションでぜいたくな暮しができるわけが分かった。

「その結社は莫大な資金を持っているの。世にM資金と言われているお金の一部だと言われているけれど、それは私にもよく分からない。メンバーは担保さえ差しだせばいくらでも資金を借りられる。そういうシステムだから、私の実家へも何億というお金が融通されて、建築不況で青息吐息だった父の会社もおかげで持ち直すことができた。私が史明を産んだことでね」

「その……担保というのは何なの？」

当然の質問にえつ子は答えなかった。

「それは言えない。聞いたらあなた、卒倒しちゃうから」

ニンマリ笑ってから美しい未亡人に接吻しながら両手を相手の首に絡めた。

「本当はこういうことは外部の人間に言ったらいけないのよ。私たち夫婦の秘密もね。だから秘密は守って。守らないと、こう……」

怖い顔になってギュウとばかり首を締められ、比紗絵は窒息の恐怖を覚えてもがいた。すぐに力は緩められた。

「約束する？」

「します、します。絶対に誰にも言いません」

「冗談ごとではないのよ。組織には自分たちの安全を守るための機関もあるらしいわ。つまり殺すのも厭わないっていうこと。彼らから睨まれたらたちまちあの世行き」

比紗絵は信じないわけにはゆかなかった。

「総合病院で主人がとんとん拍子で出世したのも、結社の助力や援助があったからなの。今度、院長になれそうなのも、結社が障害を排除してくれるから」

えつ子の偽計にかかった比紗絵は、結局、四時間も責められた。

「これから週に二日、午後にあなたを調教してあげる。必ず来るのよ」

もう一度、自分の調教を受けてマゾ奴隷になることを誓わされて、比紗絵は解放された――。

第六章　同性による性感開発

「啓子《けいこ》さん。それじゃ私、レッスンに行きますから、あと、お願いしますね」

水曜の午後と土曜の午後、ランチタイムが終った午後二時、エプロンを外した比紗絵は、湯原啓子というパートタイムの主婦に声をかけ、店を出た。

「はい、任せてください。ご苦労さまでした」

自転車で走り去る女店主を見送った啓子は首を傾げた。

（あの人、変わったわね……）

湯原啓子は四十歳。比紗絵の近所に住み、去年、東京の高校に息子をサッカー入学させた。

寄宿舎生活でサッカーに明け暮れする息子が帰ってくるのは年に数回。おかげで時間的な余裕がたっぷりできたので、町内会の活動でかねてから顔見知りの比紗絵が近所に喫茶店を出す、と聞いて「何かお手伝いできないかしら」と自分から申し出た。

最初は単なるウエイトレスだったのが、性格的に接客業が向いていたようだ。客あしらいが上手で、しかも料理の腕がよいのでランチのサンドイッチもひと味違う出来になる。比紗絵は彼女を信頼し、今ではほとんど店長代理という感じで、ほとんどのことを任せるようになっていた。

だから半月ほど前に「啓子さん、お願いがあるんだけど……」と比紗絵に呼ばれ、「堀井先生の奥さんと健康法のレッスンを受けたいので、水曜と土曜、ランチタイムのあとに私は帰りますから、啓子さん、閉店まであとを任せていいかしら。その分、パート代の単価も上げますから」

と言われた時、不思議とも思わずに快く引き受けた。

彼女はこの店が順調に利益をあげているのを目の前に見て、自分もゆくゆくはこういう店をやってみたいと思うようになったから、店を任されるのはよい勉強にもなり、いっこうに苦にならない。比紗絵は啓子の負担が過ぎないよう、自分がいない時のためにさらにアルバイトの従業員を雇ってくれた。

啓子は比紗絵の期待に応えて、比紗絵が居ない間も売り上げを落とすことがないようがんばってきた。

ただ不思議に思うのは、総合病院の内科部長である堀井医師夫人と一緒にやる「レッスン」なるものをはじめてから、店の経営にかける情熱が少しばかり女主人から失せてきたように見えることだ。

あい変わらずテキパキと動き、客に対する愛想も欠けることはないのだが、この店を開業して以来、比紗絵が店に注いできた情熱というのが、「レッスン」をはじめてから、感じられないのだ。

以前はBGMの選択や紙ナプキンの材質までいろいろ気を配っていたのが、些細なことは啓子に任せ、時おり放心したような悩まし気な表情を浮かべ窓から通りを眺めていることがよくある。

(家庭の問題じゃないだろうし)

ひとり息子の悠也は、出会うといつも屈託のない表情で明るい声で挨拶する。少しばかりやんちゃだが母親との仲はうまくいっているはずだ。

(となると、やっぱり男かな……)

女ざかりの年齢で孤閨《こけい》をかこつことになった比紗絵のことを考えると、詮索好きの人妻の憶測はそこへ向かう。実際の年齢より五歳は若く見える愛らしさをそなえた美貌の持ち主だ。彼女の笑顔に惹かれて常連になっている男性客はけっこう多い。

客あしらいについては比紗絵に負けないと自負する啓子だが、男たちを惹きつける女主人の魅力についてはかなわないと素直に認めている。それに未亡人という属性は人妻という属性よりも男たちの血を騒がせるものがあるのではないか。

だから言い寄られることも多いだろうし、実際、再婚の口もいくつかあったと聞くのだが、これまでの比紗絵はそういうものに見向きもせず、『ブーケ』の経営にだけ情熱を集中してきた。

それが突然、週に二日、午後に早退けしてしまうというのだから、よほどの心境の変化があったに違いない。

「健康法のレッスン」というのが何なのか、比紗絵は「ヨガと気功を合わせたような健康法よ」と説明したが、そこが少し怪しいと啓子は思っている。もっとも、行く先は実際に堀井夫人が住む『夢見山ヒルズフラット』であることは本当らしい。レッスンを隠れ蓑としてどこかで男とデートしているというわけでもなさそうだ。

(もしあの人が自分のことで手いっぱいになったら、この店を譲ってもらおう)

夫の退職金を担保にすれば譲渡の資金ぐらいは出せる。啓子はもう、そんなことまで考えていた——。

湯原啓子が憶測をたくましくしている間、自転車で堀井家へ向かう比紗絵の胸中にあるのは、

（あの部屋で辱められたい！）

そういう強烈な願望だけだった。

サドルに接するパンティのクロッチはぐっしょりと濡れている。ペダルをこぐのが辛いぐらいにサドルの刺激が子宮に伝わって増幅され、快美な感覚が脳を痺れさせる。

啓子に「習いごと」と言いおいての堀井家の訪問は、これで四度めだ。

そのおかげで今は毎晩のようにオナニーに耽っている。

息子に聞こえないよう寝室のドアも窓も固く閉ざし、万が一にも廊下に声が洩れぬよう、ドアの内側には用心のために厚い毛布を幕のように垂らして。

――比紗絵は、えつ子の性的な奴隷になることを誓わされた日の翌週から、水曜と土曜の午後二時から夜六時すぎまで、四時間以上を彼女のマンションの寝室で過ごすようになった。

水曜と土曜というのは、史明が学校の部活動で帰宅が遅くなる日だからだ。だいたい七時ぐらいになる。それまでは邪魔ものなしに二人きりでいられる。

悠也には店を早退して『夢見山ヒルズフラット』に行くことを伝えていない。帰ってくるのはいつもどおりの時間だから、怪しまれることはない。

彼にしてみれば、夕食がちゃんと食べられれば母親の帰りが少しばかり遅くなっても気にすることはないのだ。

　ひとり息子だが父親を亡くしてから自立心が強くなり、もうめったに甘えた顔や態度を見せることがない。それが少し寂しくもあったが、えつ子と新しい関係が生まれた今、その自立心はありがたい。

　そうやってえつ子から調教を受けるようになってから、比紗絵は毎回、新しい自分を発見させられてきた。

　今では週に二回の訪問が楽しみで毎日を生きているような気がするまでになった。

（私のなかに、こんな自分がいたとは……）

　少しずつえつ子のいる場所へと近づくにつれ、比紗絵の胸はときめいてくる。

　自分の知らなかった自分とは、強く激しい性的快楽を求める淫乱な自分だった。

　その自分はさらに驚いた性格を持っている。

　強度のマゾヒズム。

　それを目覚めさせたのは、ガレージで息子の悠也が親友の史明としていたことを覗いてからだ。もっとハッキリ言えば、悠也の勃起したペニスを見た瞬間からだ。

　そして全裸にされてえつ子のベッドの上で、妖艶きわまりない医師夫人によってレズビアンの性技巧をふるわれ、生まれて初めての連続的な強制オルガスムスで失神しそうな快感を味わったことで、セックスについての考えかたが変わった。

「あなたが膣オルガスムスを味わえる体になるよう調教してあげる」

これまで四回、えつ子流の調教を受けたが、まだ膣オルガスムスを味わったことはない。しかし子宮がグラグラと煮えるような感覚は味わっている。

えつ子は「慌てることはない。冬が過ぎて春が来るように、私に可愛がられていればあなたは絶対に最高のオルガスムスを得られるから」というのだが……。

やがて『夢見山ヒルズフラット』に到着した。

訪問者用の自転車置き場に自転車を駐め、玄関ホールに入って受付のガードマンに挨拶した。エレベーターホールでは二人の作業員がなにやら道具やとり壊したらしい板材を運搬しているのとすれ違った。内装工事をすませたのだろう。

四階の堀井家のドアの前に立ち、ひとつ深呼吸してから呼び鈴を押した。

すぐにドアが開いた。黒いガウンを纏ったえつ子が出迎える。

「グッドタイミングね。工事が終ったところ」

では、あの内装工事の作業員は、この部屋から出てきたのだ。

「参りました、えつ子さん」

「じゃあ、それを着けて」

玄関の内側、シューズボックスの上に黒革製の首輪が置かれていた。

ひと目見て犬用のかと思うだろうが、内側にフェルトが張ってあり、四カ所にステンレスの環が留めてある。ＳＭプレイの道具で、えつ子が注文したものだ。

「はい、ご主人さま」

手にしたトートバッグを置き、首輪を自分の喉首に嵌めた。それを着けた瞬間から比紗絵はえつ子の調教奴隷という身分になり、この家のなかではどんな命令でも受け入れなければいけない。ちなみにえつ子に対しての呼びかけは「ご主人さま」でなければならず、えつ子が比紗絵を呼ぶ時は「ヒサ」だ。命令に対しては「はい」と受けて最後に「ご主人さま」を必ず付ける。

「ヒサ、着ているものを脱いで。制服姿を見せなさい」

「はい、ご主人さま」

玄関ホールで上に着ているものを脱がされるのはいつものことだ。年下の楚々《そそ》とした未亡人はためらうことなくジャケット、スカート、ブラウスを脱いだ。その下は赤で揃えたランジェリーである。赤いブラジャー、赤いＴバックのパンティ、ウエストに緊く締めた赤いガーターベルト。さすがにストッキングはベージュ色のものだ。

ブラジャーとパンティは総レースで、カップからは乳首が、パンティからは黒々とした秘毛の草むらが透けて見える扇情的なもので、もし他人が見たら比紗絵の外見とはまったく違った下着に驚くだろう。

　これはすべて、えつ子が自分の持っているもののなかから新品同様のものを無造作に選んで手渡したもので、赤のほかに黒と紫色と、三セットを持たされている。

「この三点セットにストッキングがヒサの奴隷用制服。私の家のなかでは首輪以外、これ以上のものを身に着けることは禁止よ」

　しかもえつ子は意地悪く、「家を出る時からこれを着けてきなさい。ここに来て着替えることは許しません」と命令している。だからランチ時に混雑する『ブーケ』の店内でも比紗絵はこのランジェリーを身に着けている。そのために透けるような衣裳は避けなければならないし、うっかりスカートの裾をからげたりもできない。まだ瑞々しい容貌容姿の女主人がスケスケのランジェリーにガーターベルトを着けているなど知られたら、とんでもない噂を流される。

　しかし神経を使うと同時に、そういう下着を着けていることが比紗絵の官能を刺激するのも事実だった。特にガーターベルトでガーターストッキングを吊ると、太腿の半ばまでが素肌で、吊り紐や留め具と擦れ合う感覚がなんとなくスリリングで、気がつくとTバックだから食い込みやすいクロッチの部分がじっとり湿っている。

だから今では、えつ子の家に呼ばれる日でなくてもそれらのランジェリーを身にまとって出かけるようになった。もう、ガーターベルトを着けないとなんとなく下半身が物足りない感じがする。

夜毎に耽るオナニーの時も、まず最初にそれらのランジェリーを身に着け、鏡に自分の姿態を写してそれを眺めながら行うようになった。奴隷としてえつ子に責められ辱められる姿を想像し、それがさらに妄想を高める。

ただ一つの問題点は、悠也の目だった。女の自分が見ても恥ずかしいと思うデザインで刺激的な色あいのものだ。それが年ごろの息子の目に留まったらどう思われるだろうか。それが気になって、洗濯も干すのも彼の目につかないようにやって気をつけている。

「よしよし、ちゃんと着けているね」

脱いだものをトートバッグのなかにしまいこんだ比紗絵がふり向くと、細い鎖の紐が首輪の金具にとり付けられた。ごく自然に比紗絵は床に這った。

鎖を付けられている時、家のなかでは立って歩いてはいけない。犬のように這うか、膝で歩かねばならない。これももう一つの奴隷の掟だ。

最初は「どうしてこんなことを」と、なにか子供だましのような気がして反発さえ覚えたものだが、今では体が反射的に命令に従うようになった。えつ子の巧みな調教の成果だった。

玄関ホールから居間へ、居間から奥への廊下へと這ってゆき、突き当たりのえつ子の寝室へ入った。

（ああ、ようやくここへ戻れた……）

その瞬間、軽いオルガスムスのような昂揚した気分が全身を走る。窓のカーテンは締め切って薄暗い部屋が、今では比紗絵に至福の快楽を約束する空間になっている。

「ここにきなさい」

パッとガウンを脱ぎ捨てたえつ子は、今日は黒い光沢のあるＰＶＣのプレイスーツだった。

首のところが襟になっているノースリーブのレオタードだと思えばいい。ただ胸の部分が丸く刳《えぐ》られてぼってりとした薔薇色の乳首が突きだしている。下腹のクロッチの部分はファスナーで開いて、秘部を露出できる。これも黒革の首輪と同様、ＳＭプレイの時にサディストの女性が着ける特殊なプレイ用衣裳だ。

そういった衣裳や道具がいつも手近にあるのが比紗絵には不思議だ。風俗嬢でもない一介の主婦がなぜそういったものを揃えているのだろうか。

(使うから持っている。えつ子さんには、私の知らない顔がまだあるのだ)

足には黒いフィッシュネットのストッキングで、太腿をフリルのついた赤いガーターで留めている。

室内履きのサンダルのヒールは高い。もともと背が高いのだから、這って見上げる自分からは巨人のように見える。

「はい、ご主人さま」

比紗絵はいそいそと這い寄ると、ベッドの縁に座ったえつ子の揃えた腿の上にうつ伏せに体を載せた。以前、クローゼットから覗き見した時、史明がアヌスを検査された、あの姿勢だ。

比紗絵の頭はカーペットの床に着くまで下げられ、丸い尻が宙に突き上がる。自分の左側に頭がくるよう伏せた女体を、えつ子は左の手で首ねっこを押さえつけるようにし、右手でTバックのパンティが食い込んでいる尻たぶを撫でた。

「ふむ、土曜日は少し鞭で傷《いた》めすぎたかと思ったけれど、ちゃんと消えている」

剝きたまごという形容がぴったりの、艶やかな眩しい肉丘を撫でると、赤いナイロンの薄布をツルリと引き降ろした。

「!」

やはりアヌスを含めた部分を丸見えの状態にされるのは恥ずかしい。

「おお、こんなにねちょねちょにして……。ここに来るまでこんなに汚してどうするのよ」

嬉しそうに「くくく」と笑うえつ子。裏返しになった赤い布の狭まる部分に白い液がべったりとこびりつき、ヨーグルトのような匂いがプンと匂いたつ。健康な女の膣の匂いだ。

「さて、マゾ奴隷の準備運動をさせてあげよう。いくよ」

えつ子の右手が大きくふりかざされたと思うと、勢いよくふり降ろされた。

バシッ！

白いなめらかな臀丘の曲面が平手でひっぱたかれ、小気味よい炸裂音を響かせた。

「あッ！」

赤いランジェリー姿の女体がビンと跳ねた。

「ああ、いい叩き心地。不思議ね、史明のお尻と同じ質感というのが」

自分の十六歳の息子を寝室に招き、乳房を吸わせながらペニスをしごいて射精に導いてやる母親は、未だ彼の尻を叩くという躾をやっているらしい。彼女はこれまで比紗絵の尻を叩きながらよく史明との比較を口にした。それによれば美少年は母親の膝の上で尻を叩かれると激しく勃起し、時には腿の上で激しく動くあまりに射精を遂げるという。

つまり史明は、比紗絵と同じに強く美しい女性えつ子に支配され屈服され尻を叩かれるという屈辱を受けるのを好むマゾヒストのようだ。

ビシッ、バシッ、パンパン！

日に干した布団を叩くのとそっくりの音が広い寝室に響きわたった。

「ああッ、うッ」

「ひーッ！　い、痛いー……」

黒髪を振り乱してのけ反り悶える女体。その首ねっこをガッシリと押さえこみながら、ボンデージルックの淫らな衣装を着けた熟女は、楽しそうな笑みを浮かべつつ、なおも臀部を打ち叩くのをやめない。

吹き出物のまったくない、清らかだった臀丘がしだいに赤く染まってゆく。二つの肉丘が等しく腫れ上がるように加減しながら、えつ子はひとしきりスパンキングの手をふるった。

「ああ、うー……」

今や焼けるような熱を帯びてヒリヒリする臀部をうねらせるようにして身悶えして

いる比紗絵の尻をしばらく撫で回してから、えつ子は命令した。

「いつまでもグズグズしてないで、私の前で奴隷のポーズをとりなさい！　パンツは脱いでしまって」

叱られた子供のように大急ぎで女主人の膝から降り、えつ子の真ん前に両膝をついて立つ比紗絵。百発も叩かれた苦痛のせいで、頬は涙で濡れ、汗まみれの額に乱れた黒髪が貼りついている。

「おまえの泣き顔を見てると、いい年をしたおばさんじゃなくて、女学生のように見えるから不思議だ」

比紗絵がとらされる奴隷のポーズとは、両手を掲げ頭の後ろで組み、完全に腋窩と脇腹をさらけ出し、股は思いきり開き下腹を卑猥なまでに突きだす、舞台の上のストリッパーがやるようなポーズだ。どこから見られても無防備な姿は、見るものにサディスティックな昂奮を喚起する。

えつ子は、調教と調教の間とか、自分が何かを準備する間、比紗絵にその卑猥なポーズをとらせて待機させる。

いま残酷なスパンキングを浴びせた女主人は、じろじろと未亡人の瑞々しい下着ヌードを冷ややかな眼差しで眺めている。特に丸出しの下半身に視線を向けられると、禁じられているのに比紗絵は思わず顔を背けたくなる。

「股まで濡らしているね。お尻をぶたれて感じるようになったらしい。いいことだわよ」

ニヤニヤ笑いを浮かべながら比紗絵を辱める言葉を口にするえつ子。真っ赤になる調教奴隷。

（ああ、どうしてこんなに……）

比紗絵自身が驚く肉体の反応なのだ。

この部屋に入るまでに味わう昂奮。入ってから虐《いじ》められるまでの昂奮、そして残酷な平手打ちを浴びながら味わう昂奮……。子宮が熱を帯び、トロトロと愛液が秘唇から溢れてくる。そういう昂奮の仕方はかつて体験したことがなかった。

考えてみれば、どうして自分がここで、屈辱的なポーズをとって比紗絵の嘲笑を浴びなければならないのか分からない。

自分が何かえつ子なり堀井家に悪いことをしたわけではない。悠也と史明の関係についてては、えつ子はなんら意に介していないと言っている。

秘密を知られたということもない。確かに自分は膣オルガスムスを味わえない体だが、そんな秘密よりも何十倍もスキャンダラスな秘密を、えつ子は口にしたではないか。たとえば夫の憲一がゲイであることなど、比紗絵が誰かに洩らしたら総合病院の院長への道は閉ざされるだろうし内科部長の座さえ危ない。

脅かすとしたら比紗絵のほうが弱みを握っていると言っていいのに、今こうやって、えつ子の調教を受けるマゾの奴隷として扱われている。

だが比紗絵には反抗する気など毛頭ないのだ。こうやってボンデージルックになった、SMの女王のような妖艶な雰囲気を放つえつ子の前で、惨めで屈辱的な仕打ちを受ける自分に昂奮する、もう一人の自分がいる。

(ふつう、お茶に眠り薬を入れられて、監禁されて拘束されて半分レイプのようなことをされたら誰でも怒るはずなのに、私のなかにはそれを喜んで受け入れたがる私がいる)

えつ子が「オルガスムスを教える」という教師役にいるから服従していると言えば確かにそうなのだが、オルガスムスを味わいたいというのは二の次で、自分よりも強い、美しい、完全な相手に威圧され、屈服し、言いなりになることが快感となって、それは中毒のように比紗絵の精神を制圧してしまっている。いや確かに中毒そのものだ。三日も間が空くとえつ子に調教されたい自分が肉体の奥で暴れだす。まさに禁断症状そのものだ。

（私がこんなふうになるなんて……）

それまでは対等に近い関係だった年上の人妻の前にひれ伏し、足に接吻するようなことまで命令されて嬉々として従うようになるとは。

いつもその理由を考えている。

「ヒサがそんなに濡れるというのはいいことだわ。マゾの感情が高まってきて、全身が敏感になっている。オルガスムスというのは部分的な刺激で達するものじゃないから。全身の性感帯が能力いっぱいにフル回転してる状態でないと味わえない。だからもっと自分に正直になることね。たとえ猿ぐつわをされていても、痛い時は痛いと叫び、恥ずかしい時はワンワン泣くこと。あなた、ご主人とセックスする時、声を押し殺すようにしていなかった？」

図星だったので真っ赤になりながら肯定した。

「はい、そうです。ご主人さま……」

「それがいけないのよね。自分で自分を表現する力が弱められて、オルガスムスを味わう回路が活性されない。これからは泣く時も叫ぶ時もどんな大声でもいいから反応してみなさい。たぶん自分の声を人に聞かれるのが恥ずかしいという理由から声を殺したりしてたと思うけど、大丈夫、この部屋はドアから壁から、音が洩れないように遮音工事がされているの。それに体もね。腰を振りたければ好きなだけ振りなさい。自分の感情を正直に全身で表現すること、それがオルガスムスを得られる一番の近道よ」

そう言ってからベッドサイドの小机の上に用意してある道具のなかから麻縄の束をとり上げた。

「立ちなさい」

「はい、ご主人さま」

奴隷のポーズをとらされていた比紗絵は喜色を浮かべて立ち上がった。この部屋ではえつ子から信じられないほどいろいろな責めや調教を受けてきたが、そのなかで比紗絵を一番感動させたのは麻縄による緊縛だった。

どこで身につけたのか見当もつかないのだが、えつ子は人間の体を縄で縛りあげる技術を持っていた。

「縛ることなど簡単だろう」と思うが、人間の体を「解かれないように、動けないように」しながら「血流を阻害しないように、身体に害がないように」縛りあげるのは素人には至難の技だ。そういう難しい技術をえつ子はやすやすと駆使して、比紗絵を縛りあげる。

「縛り、縛られるのは調教の基礎。これで主人は奴隷を完全に把握できるし、奴隷は完全に支配されたことを実感する」

えつ子はそう言いながら、いつも比紗絵をガーターベルトとストッキングだけの裸にして後ろ手に縛りあげる。

乳房の上と下に回された縄によってバスト八十五センチのほどよい椀型の、垂れを見せない若々しい乳房は、残酷なぐらいに絞りあげられ、紡錘形に突出する。するとその頂点で乳首は自然に勃起して、それこそ小指の先ぐらいの大きさになって、まるで銃口かなにかのようにツンと前に突きだす。

自分の乳首がそれほど充血して勃起し、突出するのを見たのは、比紗絵にとってもその時が初めてだった。

しかも縄をかけられている最中からひどく淫らな感情が湧いてきて、秘唇からは驚くほどの愛液が溢出してきた。腰が自然にうねり、膝がガクガクいい、ギュッと肌に縄が食い込むたび「あッ」「うッ」「ひッ」という声が自然に洩れてしまう。

「おお、縛られながらこれだけ濡れる女も珍しい。ヒサは骨の髄までマゾヒストだよ。どうして今までふつうに暮らせたんだろう。不思議だね」

えつ子にそう笑われたぐらい昂奮してしまった。

縛られるというのは自分の身を守れない状態にされるから、もし強盗か誰かに縛りあげられたら、比紗絵は恐怖のあまり失禁してしまうだろう。

なのにえつ子に縛られることで性的に激しく昂奮し、恐怖心は消えてしまうというのはどういうことなのだろうか。

ほどいたあと縄目がしばらく消えないほど厳しく縛りあげられても、どこか痺れるということもなく、つまり要所は適当な緩みはあるのだが、かといっていくら体を動かしても縄はそれ以上に緩むことがなく、ほどくのもどこかが抜けるということも不可能だ。

自分が徹底的に無力化されて、えつ子にすべてを委ねるしかない状態は、早く言えば自分の意志を喪失したということだ。ただの動物になる。いや動物以下になってしまう。それは自分が一つの物体になるということだ。

(それがどうしてこんなに私を感動させるのだろうか)

比紗絵にはそれが不思議でならなかった。今までマゾヒストというと「変態」という言葉が真っ先に浮かび、バカにするとまではいかないが「ヘンな、奇妙な、理解できない、不思議な」人種のように思えていた。

その自分が突然、ある日、えつ子に支配され、縛りあげられて強烈な性的快感を味わうようになる――。

　ということは自分のなかにどんな自分が潜んでいるか分からないということだ。

（それが調教ということなのね）

　えつ子に縛られ、さんざんに痛めつけられ、最後は立つのもおぼつかないフラフラの状態にされるのに、マンションを出たとたんにもう戻りたくなる心理は、どういうものなのだろうか。分かるのは、方針や目的があって行われる調教は単なるＳＭプレイというようなものではなく、人間の考え方や性格、気質までを変えてしまう驚異的な行為だということだ。

　何かが押し付けられ無理やりその枠のなかに体を押し込めてゆくようなものではなく、逆に今まで気がつかなかった自分というものを発見させるようにする、そういう行為が調教と呼ばれるのに値するのではないだろうか。

　縄をかけられながら、恍惚とした心理状態でそんなことを考えていると、尻に強烈な衝撃を覚えた。縛り終えたえつ子が乗馬鞭をふるったのだ。

「ああッ！」

　激痛が脳の芯まで駆け抜ける。乗馬鞭の打撃はするどく、強く、文字どおり身を裂くような苦痛を与える。

絶叫して跳びはねた比紗絵を愉快そうに眺めるえつ子。

「そうよ、そうやって思いきり叫び暴れることね。じゃあいくわよ」

ドンと蹴られてベッドカバーの上に上体をうつ伏せに倒した裸女の尻に、背に、腿に強烈な打擲《ちょうちゃく》が浴びせられる。

ビシッ、ビシッ、ビシッ！

肉が叩きのめされる残酷な音に比紗絵の絶叫がわんわんと交錯した。繊細な神経の人間はその残酷な光景に目をそむけるに違いない。そこにあるのは冷酷きわまりない非人道的なサディズムだけだ。

「ひーッ、痛い、いたあい！　いやー、許して、ああーッ！」

号泣し哀願しながら後ろ手に縛られた裸身をゴロゴロと転がせ、のけ反り、ガクッと首を垂れ、まるで釣り上げられた魚のように暴れまわる。

ついにはベッドの上から床にまで転がり落ちたのを、さらに容赦なく鞭が襲う。

「ひーッ、ひいい！」

喉が嗄《か》れたようになって満足な悲鳴が出なくなる頃、えつ子は乗馬鞭を捨てた。

「はあはあ、はあはあ」

荒い息をつきながら目もうつろな未亡人の裸身を抱えあげて立たせる。

「今日はいい声で泣いた。その調子よ。では次は蠟燭ね」

まだ荒い息を吐いている裸女を床に敷いたビニールシートの上に転がす。

赤い太い蠟燭に火を点けると、溶けた蠟涙を脂汗にまみれてヌラヌラ光っている柔肌の上に垂らす。

「ぎゃーッ、熱い、あつーいッ！」

絶叫して暴れる比紗絵が逃げようとするのを足で蹴りながら、熱を感じやすい部分に的確に蠟涙をダラダラと垂らしてゆく。

「ひーッ、ぎゃーッ！」

「うお、うおー、あうううッ、いやーッ」

泣き叫ぶ裸女の肌を熱蠟がかさぶたのように重なり素肌を覆ってゆく。

二つの臀丘はもちろん、乳房から下腹部、腿から膝まで蠟涙で覆われてゆく。

泣き叫ぶ声が弱々しくなり、とうとういくら蠟を浴びても弱々しい声しか出ないほどで、ついにはジョーッと尿を洩らして白目を剝いて悶絶するまで、えつ子は冷ややかな表情を保ったまま蠟責めに没頭したのだ。

ようやく意識をとり戻した比紗絵は縄を解かれた。肌にこびりついた蠟を自分の手できれいにとり去るためだ。手の届かない部分はえつ子が取り除いてやる。

蠟の後始末をすませると、今度はステンレスの冷たい輝きを見せる手錠が細い手首にかけられる。前手錠だ。

寝室に付属したえつ子専属のバスルームは豪華で広い。トイレはバスルームとは透明なガラスで仕切られている個室に置かれている。

これまでは蠟責めのあとはすぐシャワーを浴びさせてもらえたが、今日は違った。

「そろそろアヌスの拡張訓練をしなければ。今日は浣腸からはじめるわよ」

第七章　衝撃のネット画像

「おい、史明」

授業が終って帰ろうとする史明を、廊下で待ち受けていた悠也が呼び止めた。

「なに、悠也……？」

美少年が自分より背の高い、たくましい感じの同級生にほほ笑みかけた。無邪気な微笑だ。

「今日、付きあえよ。うちに来ぃ」

「だめ。塾があるから。これからまっすぐ行かないと」

「あ、そうか。水曜は塾だったな。ちぇッ」

肩を並べて歩きながら史明が言った。

「悠也、また、ぼくとやりたいんだろ？　でもダメだよ。ママが絶対禁止だって言うから。何度も言ってるでしょ」

「いいじゃないか。ママが見てるわけじゃなし」

「ママはすごいカンの持ち主だからね、隠したって見破られちゃうよ」

「うそだろう？　どうして分かるんだ」

「匂い。ぼくが帰ってくるとクンクン匂いを嗅ぐよ。悠也の匂いとぼくの匂いは違うから、触りあったりしたらすぐ分かるって」

「ホントかよ。まるで犬じゃないか。で、チ×ポも嗅がれるのか」

「ああ」

「げ、おかしいぞ、おまえのママ。息子のチ×ポ、匂い嗅いで調べる親がいるかぁ？」

史明はなんとなくくねくねした体の動きを見せながら否定した。

「それは悠也がつきまとうからだよー。ゲイみたいなことするから気にしてるんだよー。そんなことしてたら悠也がホンモノのゲイになってしまう。そうしたらきみのママに申し訳ないから、絶対にさせちゃいけない、って厳しく言われてるんだ」

自分の母親を持ちだされると弱い。

悠也が史明を性欲解消の道具として奇妙な遊びに耽っていることを堀井夫人に知られたら、それは確実に自分の母親に知られる。実は現場を覗かれて比紗絵には知られてしまっているのだが、悠也はそんなこととは夢にも思っていない。

「ゲイ、って……。だけどおれがそんなんじゃないこと、よく知ってるだろ？　それに史明だって気持ちよかっただろう？」

「うん。それは強引にでもイカされたら気持ちいいよ。だけど悠也とまた何かしたのがバレたら、ママに叱られるばかりじゃなくて、罰も与えられるからね」

「罰？　どんな罰だよ」

「してくれない罰」

「何？　どういうことだよ。何をしてくれないんだよ」

「匂いを嗅いで何ともなかったら、手でイカせてくれるんだ。出してくれるの。毒抜き」

ケロリとして言う美少年。耳を疑る表情で悠也はポカンと口を開けた。小柄な美少年の背広の制服の肩を押さえて、校門を出たところの近くの公園のベンチまで連れていった。

「おい、史明、今、何て言った？　手でイカせてくれるぅ？　おまえのママが？」

うわずった声で問いただした。史明は全然動揺を見せない。

「うん、そうだよ。もし悠也と悪いことしてきたら、もうしてくれないんだ。ママの手は悠也にしてもらうよりもずっと気持ちいいもん。どっち取るかと言ったらママを取る。当たり前でしょ」

史明は涼しい顔だ。悠也は頭を抱えてみせた。

「待て待て。頭がクラクラしてきた……。どこに自分の子供のオナニーを代わってやってくれる親がいるんだ？　うちのママにそんなこと言ったら、おれひっぱたかれるぞ」

「そうでもないよ。人には言わないだけで、いつの時代でも国でも、子供を慰めてくれるお母さんは多いんだよ」

「ウソだろ」

「ウソじゃないよ。ちょっと待って……」

史明はムキになった顔で、携帯を取りだして数回キーを押した。悠也のポケットのなかでマナーモードの携帯が震えた。

「今、メールでアドレス送っておいたから、そこにアクセスしてみて。パスワードは名前だよ」

「なんだよ、それ」

「見れば分かる。あ、塾に行く電車に遅れちゃう、やばいよ」

立ち上がる美少年。悠也は怒鳴った。

「塾なんてなんで行くんだ。ウチの高校、黙ってても本校へ行けるんだ。よっぽど成績悪くなきゃな」

「でもぼくは先端工学やりたいから。工学部はバカを入れてくれないからね」

さっさと歩き去る親友の背中を見送りながらふーとため息をついた悠也は、仕方なく家へ帰る道をとった。

（しかし、手でしてくれる――というのはホントだろうか）

悠也は堀井えつ子の、女優みたいな華やかな美貌と、中年とは思えぬスラリとした肢体を思いだした。

（ふつう、そんなことしないよ。絶対しない）

そんな美人の母親を持つ史明が羨ましくて、いつだったかそう口にすると、美少年は苦笑して言ったものだ。

「そうかなあ。ぼくは悠也のほうがもっと羨ましいよ。あんなに女らしくて優しそうで……。ママより美人だよ」

悠也は自分の母親が美人なのかそうなのか、よく分からない。そういう目で見たことがないから、史明に言われてびっくりした。

「ウチのママがおまえのママより美人だって……？」

史明に言わせると、自分の母親はふだんはあまり面倒を見ないけれど、何かあると猛烈に叱ったり、干渉したりするので、そのタイミングを見測るのが重大事だ――と打ち明けていた。

そもそもは史明が母親の下着を身に着けていたのを発見したのがきっかけで、悠也はプロレスの技をきめて――ふざけ半分にだが――彼と母親の関係を執拗に問いただしたのだ。

史明は悠也に他の人間に秘密を洩らさないと約束させてから――そういう点では悠也は約束を守る男の子で史明の信頼を勝ち得ていた――息子が自分の下着を持ちだして身に着けていることを叱らず、自分の家でだけなら着用することを許していると打ち明けた。

悠也はそれを聞いてひどく驚かされた。

自分の母親だったら、もし悠也がそんなことをしたら怒る以前にひどく動転するだろう。当然ながら叱るし、絶対に止めさせる。二度としないと約束させるに違いない。堀井えつ子のような、寛大な処置はしないに違いない。

ところが彼女は、放任するところは放任して、悠也とゲイ的な行為をするのではないかと思ったら、今度は帰宅した息子のペニスの匂いまで嗅いで確かめるという。

（そんな母親がいるのかよ……！）

しかし史明が悠也を遠ざけるためにふざけ半分のウソを言ったとも思えない。そういう性格ではない。母親と同じに、史明にはどこか「翔《と》んだ」ようなところがある。ふざけ半分に勃起したペニスを突きだして「咥えてみろ」と言った時、まさかそうするとは思わなかった。

史明は少しもたじろがず「うん」と頷いて親友の怒張した男性器を口に含んだのだ。しかもさも当然のように舌をつかい、唇をすぼめてちゅうちゅうと吸い、最後は頭をキツツキのように前後に動かして悠也をただならぬ射精に追い込んでしまった。

傍から見ていれば悠也が史明にフェラチオを強いたように見えるが、その実、圧倒されてしまったのは悠也のほうなのだ。

それはアヌスに結合させた時もそうだ。ソファの上にうつ伏せになって、パンティをひき降ろして丸出しの白い臀丘をくねらせるようにして誘ったのは、そもそも史明なのだ。

「ねえ、ここに入れてみたくない……？」

ガレージの薄闇のなかで女の子のものとしか思えない、艶やかなリンゴのような丸みを妖しくふり揺らしながら、からかうようなかすれ声で誘われた時、悠也の背筋に戦慄が走った。

オロナイン軟膏とコンドームを使うように指示したのも史明だった。

「誰にも言わないで欲しいけど、こんなことを教えてくれたのは悦史兄さんなんだよ……」

悠也の怒張に薄いゴムの皮膜をかぶせながら、ニッと笑った史明の媚びを含んだ笑顔が忘れられない。その時も戦慄が走ったのだ。

(あいつが言わなきゃ、おれだって肛門にペニスを入れるなんて気にはならなかったぞ……)

しかし、ようやく狭い肉のトンネルをこじ広げて根元までズブリと埋めこんだ時の快感を思いだすと、悠也の若い肉器官は反射的に勃起してしまい、歩けなくなってしまうのだった。

「いてて」

思わず下腹を押さえ、立ち止まって周囲を見渡しながら情けない顔になってしまう十六歳の少年。

(史明だって、自分から浣腸してきれいにしてきて、進んでアヌスを捧げてくれたのになあ。あいつだって絶対に愉しんでいた。声で分かる)

我が家に近づきながら美味な悦楽の記憶を思い起こす悠也。その時、灰色の業務用バンが尾《つ》けてくるのに少年はまったく気付いていない。

「おや、なんだろう?」

我が家の門をくぐる時、郵便受けから何かはみ出しているのを見て、悠也はそれをひっぱり出した。

本か雑誌が入っている封筒だ。宛名を見るとハッキリと「深見悠也様」と自分の名が書かれている。

「なんだよ、これはー」

悠也は首を傾げた。そんなものが届く覚えはない。

それを持って玄関のなかに入る。母親は『ブーケ』で立ち働いている。そういう生活には慣れたけれど、やはり無人の家に入るのは寂しいものだ。だからいつも史明を誘っていたのだが、こうなると誰か別な相手を探さなければいけない。

(女の子だったら言うことはないんだが)

もちろん夢のまた夢である。悠也の周りは、親戚も含め、徹底的に年ごろの少女というのがいない。中高と一貫教育の私立大学付属校は校則が厳しく、女子とデートなどとてもできない。発見されたら停学、退学という厳しい処分が待っている。

それでもよろしくやっている級友もいるのだが、悠也はひとりっ子の特質として、異性がなんとなく怖い。だからガールフレンドと言える存在もなくて、たとえば小学校時代の同級の子に声をかけるということをする勇気もない。

というわけで十六歳の誕生日を迎えた今も童貞なのである。

(おれって、そんなにモテない顔でもないと思うんだがな……)

そうは思うが相手がいないのではどうしようもない。だから悶々とした性欲のはけ口がつい史明に向いてしまった。

(史明だって、女の子みたいに華奢な体してるくせに、あれで性欲は強いんだよな。イク時は大きな声だしてたっぷり精液を出すし……。それであいつのママは……)

そこで史明から別れぎわに携帯に送られたメールを思いだした。

(何やらあいつ、ムキになっていたけど)

取りだして見ると、ホームページのＵＲＬだけが記載されている。

(なんだよ、これは……)

いつも帰宅すると同時に母の比紗絵が用意しておいてくれたおやつや夕飯のおかずをつまみ食いするところだが、ふいに空腹も忘れて机の上のノートパソコンを起動し、インターネットに接続させせた。教えられたＵＲＬでアクセスすると、ホームページにつながった。

ほんのりと淡いパステルカラーの表紙と文字だ。

《聖母の雫《しずく》》

それだけでは何のホームページなのか見当もつかない。聖母というからにはキリスト教関係なのだろうか。

表紙から下の階層に入るためにパスワードを打ち込まないと入れないようになっている。

（そういえば史明は「名前」って言ってたな）

思いだしてローマ字で「ふみあき」と打ち込んでみた。最初は大文字だったがはねられて、小文字で打ち込むといきなり画面が転換した。

（やった！）

認証ゲートを通過したのだ。

まず現われるのが、幼子イエス・キリストを抱く聖母マリアの絵。ラファエロ風のタッチだ。

ただ、よく見ると幼子のはずのイエスはかなり成長した美少年で、母に抱かれて乳房に吸い付きながら、下半身ではペニスが勃起している。慈愛に満ちた聖母の表情はやや妖しい微笑をたたえ、彼女の左手はその股間を優しく撫でているようだ。

（うわ、なんかエロ……！）

驚きながら文字に目を向けると、次のようなキャッチフレーズが大書されていた。

《ようこそ、母と息子のファミリー・ラブの世界へ。

他者に言えぬ喜びと悩みを、ここで赤裸々に語りあいましょう》

それからメニュー項目が並んでいる。「トップ」「告白」「掲示板」「ギャラリー」「リンク」……。色は濃い赤と黒が多用されている。なんとなく妖しい色づかいだ。

歓迎メッセージの下に小さく注意書きが記されていた。

《母親と男の子が性的な関係を結ぶことを私たちはファミリー・ラブと呼びます。近親相姦と書くとタブーを意識させます。ファミリー・ラブはごく自然なものです。決してタブーではありません。ですからあなたも、ここでは近親相姦という言葉を使わないでください》

「うお」

悠也は目を丸くした。

（なんだよ、つまり近親相姦のホームページじゃないか！）

史明は自分の母親が息子の性欲を処理してくれるということは「人には言わないだ

けで、いつの時代でも国でも、子供を慰めてくれるお母さんは多いんだよ」と言っていた。

このホームページを教えてくれたのは、ここがそれを証明してくれると思ったからだろう。携帯に入っていたのだから、携帯からアクセスして見ていたのだ。

(いったいどういうことを書いてるんだ……?)

「告白」というページに入ってみた。ふつうの投稿掲示板のスタイルだった。入ってきたものが思い思いの文章を書き込んで、読んだ人が感想を書き加えられる。

最初の投稿は次のようなタイトルと投稿者名だった。

《えふくんのモデルに……　えふくんママ》

投稿は次のようにはじまる。

《こんにちは。先日、FLを報告させていただいたえふくんママです。あれ以来、えふくんは私のフィンガープレイがお気に入りで、学校から帰ってくるとすぐにねだりにきます。お気に入りはやはりお乳を吸いながらパンティのなかへの放出ですね。素材はナイロンですがレースのあるのはざらざらしているので、飾りのないソフトな素材のパンティをいつも穿いていて、お乳を吸ってもらいながら楽しませてあげて、途中でパンティを脱ぎ、ギンギンになっている逞しいのをくるんであげます。「気持いい」と言いながらうっとりして腰を激しく動かしながら熱い液をいっぱい放出してくれます。やはりその瞬間は感激ですね！

先週からは一緒にこのホームページを読んだり画像を眺めています……》

読みすすむ少年の目が血走り、股間がぐんぐん隆起してゆく。

「信じられねえ――！」

呻くようにして叫んだ。

最初、ＦＬとかＭＬとかＶＬという語が出てきて何かと思ったら、どうもフィンガー・ラブ、マウス・ラブ、ヴァギナ・ラブの略語らしい。つまり自分の息子とどの段階まで性愛行為を愉しんだか、その程度を示す語だ。もちろん探したらＡＬというのも出てきた。

告白投稿掲示板に書き込んでいるのは、ほとんどが男の子を持つ母親で、彼女たちはみな「あいくん」「けいくん」「えむくん」と自分たちの息子を呼んでいる。自分たちは「あいくんのママ」や「けいくんのママ」というハンドルだ。

目につくのは、「このホームページのおかげで罪悪感から解放されておおらかにファミリー・ラブを愉しめるようになりました。ありがとうございます」という書き込みだった。

息をするのも忘れたようになって投稿掲示板の何十とある書き込みを読んでいった悠也は、とうとう我慢しきれなくなって制服のズボンの前を開いて、トランクスの前開きからガチガチに固い熱い肉器官を摑みだし、しごきたてた。

読んでゆくうちに、このホームページは息子と近親相姦をしている、あるいはその経験のある母親たちのために作られたことが分かった。

主宰者は「マザー・マドンナ」。

自己紹介によると彼女は四十代の主婦で一児の母。八年前に当時十四歳の息子のオナニー現場を目撃、ショックで泣きだした彼をかわいそうに思い、抱き寄せて下腹部を拭っているうちに息子が再び勃起したので、思わず我を忘れて手を使って射精させてしまった。ちなみに彼女の夫は単身赴任中だった。

そのうち母親の寝ているベッドに息子が入って愛撫をせがむようになり、ことわりきれずに応じているうち、フェラチオをしてやり、最後にはとうとう膣にインサートさせて射精を受けてしまった。

そこまでゆくと「これは人間の道にもとる」と思い、こっそり相談したカウンセラーには「すぐやめるように」と言われた。

それでも二人の関係は続き、しばらくは母子心中をしようかと思うほど悩んだけれど、ある日卒然として「これはごく自然なことだ。愛する息子とセックスするのが悪いはずはない」と悟った。

決意した彼女は当時、自宅に戻っていた夫に息子との関係を打ち明け、驚いた夫は錯乱して家を出てしまった。

彼女はホステスをして収入を得、女手で息子を育て大学を卒業させた。息子の「えっくすくん」は今春、大学を卒業して就職、ＩＴ企業の第一線でバリバリ働いている。性格にも問題はなくガールフレンドも出来、彼女とセックスしながら、週に一度は母親のところで一夜を過ごし「親孝行」に励んでいる。

息子の恋人は彼が母親とセックスしていることを知らされており、それでもかまわないから結婚したいと言っている。いずれは三人一緒に暮らすことになりそうだ。

自己紹介のページには、十六歳、二十歳、現在のベッドでの二人の姿が掲載されている。もちろん顔はモザイクがかかっているが、息子はたくましく、母親は四十代半ばすぎとは思えぬつややかでみずみずしいグラマラスな肢体の持ち主だ。

この告白の目的は、「母と息子がセックスすることは無害であり有益でもある」という自分の体験から悟った真実を伝えるためであり、それが『ファミリー・ラブ』というホームページの掲げるモットーになっている。

彼女は四年前、息子が大学に合格してから、同じような悩みを抱えている母と子たちに見てもらいたいと、前身のホームページ『聖母愛』というのを作成し、信頼できる母親だけに投稿板へのアクセスを許した。

これが口コミやマスコミで紹介されるに従い、母と息子の一線を越えてしまった母親たちが連絡をとってきて、ついにはカップル数が百を越えてしまった。

そこで二年前、厳格な入室審査をとる完全会員制のサイトにリニューアル、サイト名も『聖母の雫』とした。現在の登録カップル数は五百を越えているという。

会員になるためには、実際に息子がいる母親であることを証明し、そういう経験が持続していなければならない。最終的には母と子がそろってマザー・マドンナの面接を受ける必要がある。

合格すれば無料でサイトにアクセスでき、パスワードによって他の人間に見られない告白や画像を見ることができる。

また希望すれば心理学、医学、法律など専門家のカウンセリングやマザー・マドンナの相談を求めることができる。また会員同士の交流も許され、パーティにも参加できる。

一番、悠也を驚かせたのは、母親が他の会員の息子とセックスできるシステムだ。

息子が初めての「女」である母親に執着するあまり、過度な独占欲を抱き、同時に他の女性を排斥すると、正常なセックスどころか社会的な生活ができなくなる。

その弊害を解消するため、希望者が呼びかけて行う一種のカウンセリング的なスワッピングである。

これによって母子双方が自信を抱いて他者と交わることができ、息子は正常な結婚をすることができる。その成果は告白啓示板にも報告されて、今まで間違いが起きたことは一度もない。

(待てよ、会員は一銭も払わなくていいのなら、このサイトは完全にボランティアなのかよ?)

夢中になって読んできた悠也の思考が、そこでひっかかった。

かなりいろいろな活動をやっているのに、どこにも料金とか会費とかいう文字がない。数百カップルの面倒を見ているのなら、それに見合う収入があってもいいはずだが、それがないことに悠也はふと違和感を覚えた。

(さて、次はここだな……)

悠也は「ギャラリー」と記されたアイコンをクリックした。

すると「ギャラリー用パスワードをどうぞ」という認証ゲートのページに進む。

最初のと同じに史明の名を入れてみたら、今度は「パスワードが間違っています」といわれ、進めない。

（ここは別のパスワードなのか）

少し考えて彼の母親の名、「えつこ」をローマ字で入れてみた。ページが切り替わり、「聖母の雫——母と息子の性愛画像館」というページが開いた。

（史明とお母さんの名前がどちらもパスワードになっているということは、お母さんが会員になっているということだ。それを二人で見ているということか……）

史明は自分で「ママが手で楽しませてくれる」と言っていた。それならば『聖母の雫』の会員になる資格はあるのだが、あの美人の母親と史明はマザー・マドンナの面接を受けたということなのだろうか。

（しかし、こんな告白をおれに読ませたりするというのは、どうしてなんだ？　本当は誰にも内緒にしなきゃいけないことだろうが）

ファミリー・ラブと言い換えようが、やってることは近親相姦なのだ。この会員制クラブのなかでは推奨されていることかもしれないが、社会がそんな連中を許したり受け入れたりするとは思えない。

（絶対に秘密にしなければならないことを、どうして軽々しくおれに教えるんだよ？）

首をひねりながら悠也は、一番最初の「あいくんのママ」が投稿した「久しぶりの帰省の夜」というタイトルをクリックした。数枚の画像が一度に開いた。

「わお、おー……！」

また唸って、握りしめたペニスがぶわッと膨らんだ。

あいくんのママは未亡人。大学生だという息子は東京でアパート暮らし。春、夏、冬の休みにしか帰省しないが、先日の三連休に「親孝行したい」と帰省してきて、その時の母子交歓の姿をセルフタイマーで撮影したものだ。もちろん顔はモザイクがかかっている。

あいくんのママはむっちり肉がついた白い餅肌の持ち主で、ベッドの上では赤いベビードールを羽織っている。パンティは着けておらず、スケスケのナイロンの下に見える黒い秘毛の丘が悩ましい。

あいくんは二十歳ぐらい。痩せているが勃起したペニスは巨大だ。彼は全裸である。

最初は抱きあって濃厚な接吻。二人の手は互いの股間をまさぐりあっている。

二枚目は母親が仰臥した息子の勃起器官を咥え、情熱的にフェラチオをしてやっている。あいくんは歓喜の声をあげているようだ。

三枚目はベッドの縁に大股開きで腰かけたママの股間に跪いた息子が、自分が生まれてきた割れ目に顔を押し付けている。ママの顔は陶酔の色が濃い。

そして最後の四枚目は仰向けになり両足を左右に思いきり広げて宙に浮かせたママの上から息子が覆いかぶさり、怒張して浅黒い器官をママの肉深くに思いきり打ちこんでいる図だ。真後ろからのフラッシュが母と子の交合部分を露骨に映しとっている。

(す、すごい……。こんなことをしていいのかよ)

悠也はバカみたいに口をポッカリ開けっぱなしでパソコンの画面を信じられない思いで眺めた。インターネットの世界ではアダルトサイトなど見放題だから、海外の無修正画像サイトなども巡回して、こういったポルノ画像は見慣れてしまった悠也だが、実の母親と息子がこれほどおおっぴらにセックスしている画像は初めて見た。

《この前愉しんでから二カ月ぶりだったので、二人とも激しく燃えて、夜の白むまで五回も愉しみました。私は何度も絶頂に達してすごい量の愛液を洩らして失神を繰り返しました。こんな愉しみを与えてくれた聖母さまには感謝です》

次の「けいくんのママ」の画像は「初めてのアナルセックスに挑戦」というもので、高校生の息子がうつ伏せになった母親の尻を抱えて肛門にペニスを打ち込んでいる姿と、ペニスを引き抜かれたあと、赤みを帯びたピンクの粘膜を見せてポッカリと開いているアヌスから白い液がこぼれているクローズアップ。

「うー、もう、たまらない……」

下腹にくっつくばかりに怒張しきっているペニスを握り締めた悠也は、忍耐の限度に達していた。だが一気にしごきたてて射精しようと思って、ふと脳裏に閃いたものがあった。

(そういえば、最初の告白のママさんは、息子のペニスをパンティで包んで刺激してやる――と書いていたな)

少年は親友が母親のパンティを持ち出し、穿いていることを知っている。

史明が打ち明けたところでは、最初、えっ子が留守の時に寂しくて、洗濯機のなかに入っていたパンティを持ち出し、穿いてみたのがきっかけだという。

「ほら、こんなに伸び縮みするし、すべすべして肌ざわりがいいし、穿いてみたらぴったりして締めつけるみたいで最高に気持いいんだ」

その姿を鏡に映して体をくねらせているうちに布との摩擦が刺激になって、美少年は母親の汚れた下着を穿いたまま勢いよく射精してしまった。

その時に味わった体がバラバラになるような、頭が真っ白になって気が遠くなるほどのオルガスムスが、パンティに対する執着を決定づけてしまったらしい。

「悠也も穿いてみなよ、きみのママのパンティ。気持いいから」

「なんてことを言うんだ。おれはおまえみたいな変態じゃない」

ひとしきりプロレスの技でいためつけて遊んでいるうち、史明はその時穿いていた白いレースのパンティの下で射精し、唸りながら脱力してしまった――。

その光景を思いだし、

(ママのパンティを使ってみようか……)

ただティッシュペーパーのなかに噴き上げるよりは、確かにスリリングな気がする。そんなことはこれまで考えたことがなかったのに、今、急に思ったというのは、やはり読んだばかりの告白の影響だろう。

少年はひき降ろしたトランクスを穿きなおし、ズボンは脱いだ姿で階下へ降りていった。

(どっちかな……)

廊下で迷った。脱衣所に置かれた洗濯機のなかを覗けば、母親が穿き替えて脱いだ汚れた下着類が入っている。比紗絵はこの三日ほど洗濯機を動かしていないから、二、三枚のパンティは見つかるはずだ。

(しかしママの汚れがついているというのもな……)

それだったら母親の寝室に行き、下着の入った引き出しを探るということになる。

(ママの部屋に入るというのも気がひけるけど……)

結局、後者を選んだのは、汚れた下着よりも母親を冒瀆する印象が薄くなるように思えたからだろう。尿や分泌物で汚れた下着は生身を犯すような気がする。

思わず足音を忍ばせるようにして母親の寝室に入った。

ごくふつうの八畳間大の洋間である。父親が亡くなるまでは二つベッドが入っていたが、今は一つを分解してガレージに押し込めてあるので、床の部分がそれだけ広くなっている。

窓は内側の白いレースのカーテンだけが引かれていた。この家に入居したのは悠也が小学生三年の頃で、その時からなんとなく夫婦の寝室には入ってはいけないのだと思うようになって、めったに足を踏み込んだことはない。

母親の化粧品の匂いがする室内で、悠也はすばやく衣裳タンスに近づいた。

(たぶん、ここだろう……)

心臓がドキドキして手が震えた。衣裳タンスの一番底の引き出しを開けると、思ったとおりブラジャーやパンティ、スリップの類がぎっしりと詰まっていた。

(あれ……!)

一瞥して少年は目をみはった。

白やベージュが多いのは予想できた。黒は喪服の下に着けるためのものだろう。しかし赤や紫色の色彩は意外だった。どうしたっていきなり網膜に飛び込んでくる。

（へえー、真っ赤な下着なんて、ママ、いつ着けるんだろう？）

鮮やかな色彩のが二、三セット押し込まれていたのだ。

触ったのが露見しないよう、乱れないようにそうっと探ってゆくと、黒い下着も、とても喪服の下に着けるのとは思えないような素材やデザインのものだと分かった。

思いきって取りだして広げてみた。

「うわー」

思わず感嘆の声をあげてしまった。

まず薄い。ブラジャーのカップもパンティの股のところも、透明に近いのではないかと思える。これでは乳首も秘毛も丸見えに等しいだろう。

（これじゃ下着を着けても意味ないじゃん）

しかもデザインがきわどい。パンティは明らかにTバックで、クロッチの部分は指二本分ぐらいの幅しかない。

（食いこんじゃうよ）

息子が心配してしまうほどだ。

（ママは、こんなの、いつ着けるんだろう？）

どう見てもふだんの母親がこんなセクシィなランジェリーを着けて出かけるとは思えなかった。想像もできなかった。

いや、想像してしまった。

「うわー……」

想像してしまった自分が恥ずかしい。悠也はあわててそれらの下着を畳み、元どおりになるよう戻した。触ったことが母親に分からないように祈りつつ。

結局、ナイロン素材の、白無地に近いシンプルなパンティを一枚取りだした。レースが少ないのも選んだ理由だ。

心臓はドキンドキンと跳ね、その音が部屋じゅうに響きわたるのではないか、とさえ思える。その時の気分はまさに下着泥棒が感じるものと同じだったろう。

悠也はそれを手にして自分の部屋に戻った。机の上のノートパソコンに向かって椅子に座る。トランクスをひき降ろすと、ペニスは相変わらず下腹にくっつくぐらいに怒張しきって、包皮を完全に翻展させて全容を剝きだしにした亀頭は、ロケットのノーズコーンに似た円錐形を呈している。色はもう赤紫色になって尿道口からは透明な液がトロトロと溢れて亀頭粘膜全体をキラキラと輝かせている。

（うひゃあ、こんなにギンギンになったのは初めて……）

驚きながら、持ちだしてきた母の白いパンティを広げてみた。

（ママの一番秘密の部分をこの布きれが包んでいるのか……）

一種、呪物を崇拝する原始人のように敬虔《けいけん》な感情を抱きながら股布の二重になった部分に見入った。男の子が最も憧れる女性の神秘的な部分がそこに当たるのだ。食い込むのだ。

そのパンティはきれいに洗濯されていたが、目をこらすと微かに黄色いような筋のようなものが見える。それは母親の肉体からにじみ出た分泌物の痕跡である。

思わず鼻を押し付けていた。

洗剤の匂いに混じって魅惑的な芳香が鼻を衝いた。それはもちろん分泌物の匂いでもなんでもなく、比紗絵が下着の引き出しに入れておいた匂い袋の香料の匂いだったのだが、欲情しきった少年には母の性器そのものの匂いのように思えた。

右手で焼けるように熱いペニスを握った。それだけで脳髄まで強烈な快美感が襲った。

「うう、あうーッ」

あわててパンティを押し付けるのが間に合わないぐらい、瞬時に精液が噴きあげてきた。腰椎を蹴りとばされたような快美きわまりない悦楽を味わいながら、少年は叫んでいた。

「イク、ママー……ッ！」

湯のように熱い液が亀頭にかぶせたナイロンの内側でドクドクと放出されてゆく――。

第八章　熟女ビデオの人妻

「あうーッ……。はう、はあ、はあはあ」

脳が痺れて溶けたような、射精の快感にうちのめされて、ぐったりと脱力して喘いでいる少年。部屋のなかには栗の花の青臭い香りが漂う。

(いやー、こんな気持ちよくイッたのは初めてだ……)

それだけの強烈な発情と射精を促したのは、やはり母の穿いているパンティの香りから触発されたエロティックなイメージだったに違いない。

(あまり早くイキすぎて、かんじんの肌ざわりというのは、分からなかったな……)

苦笑しながら自分の噴きあげたエキスをたっぷり吸った布きれで、まだ萎えていない肉茎を拭った。

理性が戻り冷静になってくると、

(ママに悪いことしたな……)

罪悪感が湧いてくる。後ろめたいどころではない。自分は母親を精神的に犯したのではないか、という気さえしてくる。

（うう、すごく汗をかいてしまった）

浴室にゆき、汚したパンティはぬるま湯に漬けておいて、自分はシャワーを浴びた。精液を洗い落としたパンティは、自分の部屋に持ち帰り、窓を開けて手摺《てすり》にかけて干すことにした。生乾きになったところでドライヤーを使えば、母親が帰ってくるまでに下着の引き出しに戻せるだろう。

（まあ、あれだけの数あるんだから、一枚ぐらい見えなくなっても気がつかないだろう）

空腹を覚えてキッチンに行き、お湯を湧かし、カップラーメンを食べながら、母親のセクシーなランジェリーの類のことをまた思いだしてしまった。

（ママはあんな下着、どこへ行く時に着けてゆくんだろう？）

目的があるから買ったのではないかもしれない。誰かから貰ったということも考えられる。

（しかし、ママだってまだ若いんだから、やっぱり誰か男と出会ってるのかも）

自分の知らないところで誰か男が口説いて、自分の母親がその男とデートしているということも考えられるのだが。

(その可能性はあるだろうか。ママを見てると店と家と往復してるだけだ。休みの日はどこへ行くわけでもないし……。彼氏ができたふうはないがなあ……)

空腹を満たしてしまうと、また好奇心が湧いてきた。

(あるいは、ママはぼくの知らないところで誰か男と会っているのかもしれない。ふーむ……)

口では「三十後家は立たずだよ。再婚すれば?」などと強がって言ってるが、反抗期を経て父親の死という重大事件を味わった悠也は、本音を言えばまだまだ母親に基本的には依存している部分が大きい。

(ママが幸せになるなら、そのほうがいいんじゃないか)

と理性では思っても、その底には、

(まだ、ぼくだけのママであってほしい……。誰にも触らせたくない)

という甘えたひとりっ子の心情がある。

「ふーッ」

ため息をついて自分の部屋に戻った。そこで机に投げ出されていた封筒に気がついた。郵便受けに入っていた、自分宛の雑誌のようなものだ。

封筒の中身を出してみると、それは雑誌ではなかった。ケースに入ったＤＶＤのデイスクである。生ディスクから焼いたものらしく、ラベルは貼ってなくて、『恋縄亭《れんじようてい》幻鬼《げんき》調教録』とサインペンで記されている。どう見ても個人が少部数を頒布するために自分のマシンで作った代物だ。

一緒にB5大の紙が折り畳まれて入っていた。

「なんだよ、幻鬼とか調教録って……？」

たぶんゲームソフトではないかと思った悠也は、添付された書類を読んでみて、呆気にとられた。

《前略
かねてよりご注文いただいておりました『熟女調教記録シリーズ12・真沙美《まさみ》の巻』DVD版が完成したのでお送りいたします。事務所移転などで多忙を極め、お届けが遅れて申し訳ありませんでした。

今後のご注文は、下記にあります当社のサイトからお願いいたします。

草々
幻鬼プロ代表　恋縄亭幻鬼》

「ひえー、じゅ、熟女調教……!?　これってSMじゃないの」

悠也は驚いて声にだして叫んでしまった。

改めて封筒を確認してみる。名前も住所も間違いない。自分に宛てたものだ。

差出人は幻鬼プロで、住所は都心の渋谷区松濤だ。

(だけど、どうして？　おれ、ＳＭのＤＶＤなんか頼んでないよ！)

当たり前だ。確かにアダルトサイトを見ていると、「これ欲しいなあ」と思うポルノグラフィックなビデオ、本、ＤＶＤなどがあるが、それらはたいてい小遣いでは手が届かない価格だ。もし金が都合できて注文したとしても、それが配達された時に母が受け取ったら、まず疑われるだろう。内緒で受け取る方法が難しい。

だから今まで一度として、アダルトサイトの物品をオンラインで注文したことはない。

なのに、ここに一枚のＤＶＤが送られてきた。

(どういうことなんだ？)

悠也は狐につままれたような気分だ。

母親が欲しくて息子の名前で注文したのではないか、と憶測してみた。

どんな理由があるにしろ、息子の目に触れてしまう可能性が多い。現実に悠也は自分宛のものだと信じて疑わなかった。比紗絵は家を留守にしていることが多いのだから、十中八九は悠也が手にしてしまう。

次に考えられるのは、何かの拍子に幻鬼プロという事務所のなかで混乱があって、リストに悠也の名と住所がまぎれこんだという可能性。事務所が移転して混乱を極めたようだから、そういう事務的なミスが生じたのかもしれない。

(それにしたって、そもそもぼくの名前と住所がどうしてそんなところに登録されているんだよ)

それとも幻鬼プロというのは同じ事務所のなかでアダルトではない何か別の通信販売もやっているのだろうか。

(だとしても、どうしてぼくの名前が……?)

ひょっとして誰かの悪戯かもしれない。悠也を驚かせて、実は別の、なんでもない内容のDVDかもしれない。

(そんな手のこんだ悪戯をするやつがいるかな……?)

思い悩んでも仕方がない。悠也はともかく、そのDVDをノートパソコンに内蔵のDVDドライブで再生してみることにした。

タイトルには『人妻調教シリーズ12』という文字に続いて『人妻・真沙美、三十五歳。無限オルガスムスに狂う悦虐の地下牢』というタイトルロールが映しだされた。

やっぱりアダルトポルノ、それもSMポルノだ。

（おいおい、どうなってるんだよ……）

何も映らない黒い画面を見ているだけで息苦しいぐらいの昂奮を覚えてしまった少年だった。これまでふつうのポルノは悪友たちが回し見しているアダルトポルノを友人の家で見たことがあるが、ＳＭポルノのソフトをまるまる手に入れたことはない。

画像がフェードインしてきた。

広い部屋だ。天井が高い。四囲の壁は黒い布で覆われ、窓があるのかないのかも分からない。床は黒い塩ビ系のフロアタイルが敷き詰められている。

天井からスポットライトの照明がフロアの中央に当たっているが、部屋の四隅は暗闇が包んでいる。家具とか調度の類が極端に少ないので、どこか撮影用のスタジオ、あるいはアングラ劇団の稽古場のような殺風景さだ。

カメラは部屋の一方の隅からフロアの中央に向けて固定されている。画面の中央にはややアンティークめいた木製の肘掛け椅子がポツンと置かれている。

ふいに椅子の背後の黒幕が割れて、ひとりの男が姿を現した。裾をまくった黒いシャツにズボン、素足という痩せて背の高い男だ。

髪は総髪を首の後ろで束ね、額は広い。目の表情がほとんど見えない黒いグラスをかけているので、年齢がハッキリしないが、おそらく五十前後だろうか。やや尖った鼻がノーブルな印象を与えるが唇は上下とも薄く、酷薄そうにも見える。これで和服を着ければ刀匠か、伝統工芸を極めた工匠のような雰囲気だ。

これが幻鬼プロの主宰者、恋縄亭幻鬼と呼ばれる人物だと、悠也はすぐに分かった。いかにもその名にふさわしい、幽鬼のような凄みが感じられたからだ。

彼は右手で黒幕を分けて踏み込んできたが、左手には鎖の紐を手にしていた。その紐につながれた女性が彼のあとから入ってきた。

(この人が真沙美という人妻か……)

三十五歳といわれれば、女性を見る目がない悠也はそう思うしかないが、実際はもう少し上ではないか、という気がする。どこかやつれた感じがして、それが実年齢よりふけた感じを与えるのではないか。

(でも全体的にはママに似ているな……)

悠也の第一印象はそれだった。

卵形の顔を左右から包むようにウエーブをかけたやや長い髪。目も鼻も口もちんまりとして愛らしい。比紗絵と違うのは、この女性のほうが切れ長の目を持っていることだ。

体型もほぼ同じように見える。ただやつれた感じのほかに、着ているカーディガンにブラウス、スカートという格好がやぼったく思われた。東京やその周辺に住んでいるのではない——と、女性のファッションにはまったく無知な悠也でさえ、直感的に思ったことだった。

ただ、彼女の表情が異常だった。

異常というより、背景が殺伐としているのとは裏腹に、その熟女の顔はうっとりと酔ったような、嬉しさが滲み出るような、そういった表情なのだ。

（えー、どうして？）

悠也は困惑してしまった。

「調教」という意味はよく分からないが、野生動物を捉えて家畜にするため、野性を取り除くために行う躾のようなものだと思っている。とにかくされる側にとっては歓迎されない行為ではないのか。ＳＭプレイであれば兇悪凶暴なサディストが、捉えてきたふつうの人間を強引に支配し屈服させ、いやがることを強《し》いて責めさいなむことだから、調教される側は被害者に近いように思える。

首に黒革の首輪を嵌められているというのは、捕えられてこれから家畜にされる野生動物のようにひどい目に遇う、そういう立場を象徴する装身具のようだ。

しかし「真沙美」という人妻はその首輪をさも愛おしい何かのように指で撫でてい

るのだ。自分が拘束され犬のように引き回される忌まわしい道具だというのに。
彼女を画面中央の椅子に座らせると、黒衣の男は長い鎖を軽く女の胴体から椅子の背にぐるりと回して再び前に持ってきて女の膝の上に端を置くと、そのまま画面の左へと向かい、姿が映らなくなった。
こういう実録映像のパターンとして、登場する人物にまず簡単なインタビューがある。このＤＶＤもその形式を踏襲して、カメラの後ろにいる人間が声をかけた。その人物は幻鬼とは別の人物らしい。
《スタジオ幻鬼にようこそ。まず、お名前と年齢を》
女が軽く胸の動悸を押さえるような仕草をしてから、カメラのほうを向き、微笑むようにして答えた。表情は落ち着いているし、声もしっかりしている。
《えっと……あの、真沙美と言います。三十五歳です》
《人妻さんですね？　お子さんはいらっしゃいます？》
《はい。子供は男の子がひとり。今、小学校三年生です》
《どちらにお住まいですか？》
《北のほうです》
《というと北海道？》

《いえ、東北ですね……》
《スリーサイズを聞かせてください》
《身長は百五十八センチ、バストが八十八、ウエストが六十、ヒップが八十八ですか……。体重は、そうですね……四十七、八キロです》
《そもそも、恋縄亭幻鬼さんのことを知ったのは、何からですか？》
インタビューで明らかになったのは、この東北地方に住む人妻は、ごく平凡な家庭の主婦である。夫は地方公務員。夫の両親と同居。豊かではないが貧しくもない。
夫とは週に一度はセックスしているが、彼は性的に淡泊なほうで、子供を産んでからの妻の肉体に情熱を燃やすことは以前のようではなくなった。それは彼が役所でも責任のある地位に昇進し、ストレスが増えたせいかもしれない。
真沙美は地元で高校を卒業したあと、地元にある食品加工メーカーの工場で働いていたが、視察にきた本社の社長の目にとまり、本社に呼ばれて二年間、ＯＬとして勤務した。その間、社長の息子である専務に誘惑され愛人となって、正妻に隠れて上大崎のアパートで暮らしながら関係を続けた。
二十二歳の時、専務が社長になったのを機に関係を清算し、故郷に帰った。紹介してくれる人があり今の夫と見合い結婚。それからは何の波乱もない人生である。

ただ、愛人関係にあった専務はアブノーマルな趣味があり、縛ってセックスする、疑似レイプが好きだった。その当時は真沙美のほうは乗り気ではなく、それで相手が満足するのなら、という感じで応じていた。

子供に手がかからなくなって近所にできたファミリーレストランでパートのウエイトレスとして働くようになって、転機が訪れる。その店の店長が真沙美に好意を抱き、ある夜、家に送ると言って自分の車に乗せ人目につかないところに駐車させると、強引にセックスを迫ってきたのだ。

夫を裏切れないという気持から必死に抵抗した人妻は、「それなら口で鎮めてくれ」という要求を受け入れ、車内でフェラチオをしてやった。

それで難を逃れたのだが、お互いに気まずくなりパートは辞めることになった。

店長に襲われた時、かつての愛人だった男にされた疑似レイプの思い出が甦り、どういうものかそれ以後、店長に縛られ辱められる自分を想像して昂奮し、オナニーに没頭するようになった。

その後、近くのラブホテルで清掃のアルバイトを求めているというので一日おきに昼間だけ働くようになった。収入的には無理に働かなくてもいいのだが、単調な生活と舅や姑との生活から離れたいという思いが強く、夫も不満ではあるが認めてくれているという。

そのラブホテルでは、客がいろいろなものを置き去りにしてゆく。そのなかにアダルト雑誌があり、従業員の控室には「またこんなのが捨ててあったよ」とみんなで回し読みしていた。ある時、ＳＭ雑誌が捨てられていて、それだけは真沙美がこっそりと持ち帰ってひとりきりの時に読み耽るようになった。

この雑誌のなかに『恋縄亭幻鬼のすべて』という特集記事があり、幻鬼のことが紹介されていた。特に真沙美の目を捉えたのは、彼が自分のスタジオで希望者に個人的に調教プレイをしてやっている、という記述だった。

（この人だ……！）

真沙美はその記事のページがボロボロになるほど読み返したという。

「縛られて辱められたい」という願望をもて余していた時期だったので、いろいろ考えて幻鬼に手紙を書いた。

「雑誌ではカップル主体のようだったが、女性ひとりでも調教してもらえるだろうか」と質問すると、「かまわない。もしビデオや雑誌の媒体に掲載させてくれるのなら、その時は料金はいらないしギャラを払う」という返事がきた。

夫には「東京で働いていた時の同僚が結婚するので」とウソをつき、一泊の予定で上京し、松濤にある幻鬼のスタジオを訪問した――。

ここで黒衣の恋縄亭幻鬼が姿を現し、真沙美の隣に椅子を持ってきて腰かけ、ツーショットでのインタビューになった。

黒いサングラスで顔を隠した、俗に縄師と呼ばれるＳＭプレイの専門家は、タバコを吸いながら物静かな口調で語った。

《いやね、真沙美さんを初めて見た時、「これはすごいマゾだぞ」と思ったの。直感でね。雰囲気がそうで、思い詰めた表情してたからね。この人は一大決心して上京してきたわけで、ここまで来るのがもう大冒険なわけですよ。こっちもね、まなじりを決してきた人を不満な状態で帰せないなーと思って、気合いを入れて縄をかけたわけですよ。あはは》

最初に縄をかけて、それが肉に食い込んできた時、熟女人妻は声をあげて泣きだしたという。それと同時におびただしい愛液を洩らし、まだ脱がせていなかったパンティは失禁したようにぐしょぐしょになった。

緊縛してから、幻鬼はスタジオの真上に設置してあるチェーンブロックを用いて女体を吊り上げた。

軽く鞭打ったところで、真沙美はオルガスムスを味わい、空中で痙攣し、絶叫した。

その反応の激烈さに、プロの幻鬼でさえ驚嘆し、しばし鞭をふるうのを忘れたぐらいだという。

四本の手足をまとめて括《くく》られ、イノシシ吊りにされての背や臀部への鞭打ち、エビ反りにされての吊りで蠟燭責め、床に降ろされてから浣腸責めを受け、排泄させられると今度はアナルバイブを使ってのアナル調教と拡張訓練。

どのプレイでも真沙美は失神しそうなほどの快感を味わい、絶叫をあげ続けた。

何千人という女性を縛り、調教してきたという幻鬼の直感は的中したのだ。

四時間にわたる一対一の調教は幻鬼の膣と直腸の凌辱で終った。それまで夫に貞淑を誓っていた真沙美は、最後には自ら犯されることを哀願したという。もちろん、激烈なオルガスムスを味わって彼女は失神した。

——三年前に初めて調教した時のことを幻鬼が語っている間、真沙美は恥じらうように俯いて時には両手で頰を挟むような仕草をした。膝の上に置かれた鎖の端を弄《もてあそ》びながら無意識に体に巻きつけていたりする。

インタビュアーが真沙美に問いかけた。

《その時の調教で、どういう感想を抱きましたか》

真沙美は嬉しそうに笑いながら答えた。

《最高でした。私、あんなに強い絶頂感を味わったことがなかったので……》

《それは、どういう……？》

インタビュアーの執拗な質問で、真沙美は自分の性感が最初はさほどではなかったと打ち明けた。一番濃厚だった愛人時代でも、クリトリスの刺激ではイクのに、膣にピストン運動をされても絶頂感を味わうことはなかった。

淡泊な夫とのセックスではクリトリスでのオルガスムスも味わうことができず、夫が眠ってから自分でオナニーをするのが習慣になっていた。

そんなふうに貧弱だった性感が、幻鬼に調教を受ける妄想を愉しみながらオナニーしていると、だんだん子宮が疼き甘く溶けるような痺れるような快感が子宮から溢れてくるような感覚を味わうようになった。

そして縛られて吊るされて鞭で叩かれた時、そこは性器ではなかったのだけれど強烈な感覚が全身を駆け抜けた。生まれて初めてクリトリスに拠《よ》らない絶頂感を味わったのだ。

バイブレーターを用いられ、深く刺激された時、真沙美はそれこそ失神するほどの深い深い絶頂感を味わった。

《本当ですよ、私、女がこういう喜びを感じられるのだとは、その時まで知りません

でした。よく失神するとかおしっこを洩らしてイクなんていうのは、あれはウソだと思っていました。ウソじゃなかったんですね》
故郷へ帰る新幹線のなかで真沙美は、できるだけ機会を作って彼の調教を受けることを決意したという。
しかし地方都市のふつうの人妻が、夫や子を置いてそうそう上京するわけにはゆかない。幻鬼プロの作品に出演するという形にしてギャラは出ることになったが、それでも相応の費用はかかる。ひとりで上京する理由を考えだすのも難しい。
そんなこんなで、半年前に二度目の調教を受け、今回はＤＶＤで出す調教ドキュメントに出演するように頼まれ、ようやく三度目の来訪ができた。
《そうすると半年ぶりということですか。待ちきれなかったでしょう》
《ええ、そうなんです。来る間も新幹線のなかでどんなふうに責められるのか、いろいろ考えて妄想に浸りきりでしたから……。さっき、このスタジオの玄関をくぐった時、イッてしまったほどです》
《えッ？　何もしないのに？》
幻鬼が横から言葉を添えた。
《うん、そうなんだよ。ドアを開けてやったら、足を踏み込むなり「うーッ」って唸って、白目を剝いてフラフラと倒れかかってきたんだ。あわてて受け止めたから良かったものの、そうでなきゃケガしてたよ。抱きとめた体が、こう、ブルブルって震えて腰がビクンビクンしているから、ああ、これはイッたなと》
《それはすごい話ですね。感激のあまりイッたんですか》
《いや、おれもね、調教している間に女性のほうが高まってきて、触ってもいないのに、目が合っただけでイクというのは経験しているんだけど、真沙美の場合は、まったく何もしていないんだからね。縄もかけてない。ドアを開けて入ってきただけ。あはは》
《ということは、最初は入れられてもイカなかった性感が、それだけ開発されたということなんですね……》
男二人がしきりに感心したり褒めたりしている間、真沙美は両手で顔を覆うようにして恥じらっている。
DVDの冒頭の部分を見ていた悠也は、驚嘆してしまった。彼は女性のオルガスムスは男の自分が射精するような、ああいう一過性の快感だとしか思っていなかった。
どうも女性の感じ方というのは違うらしい。
(どんなふうにしてイクのか、それを見てみたい)

好奇心も猛然と湧いてきた。もちろん下腹では若い欲望器官が充血しきって、トランクスを破りかねないほどの屹立を遂げている。
《ところで、この調教ＤＶＤは顔にもどこにもモザイクなどいっさいかけない、無修正が売り物です。会員だけに頒布される限定版ＤＶＤですが、でもＤＶＤで撮影されると大勢の人に見られますよ。身元がバレるとか心配しないですか。大丈夫ですか？》
熟女人妻は確信的に強く頷いた。
《大丈夫だと思っています。前回もＳＭ雑誌のほうでかなり私だと分かる程度にしか目を隠した写真が掲載されましたが、全然何もありませんでしたから。周囲にＳＭに興味のある人はいないと思います》
《でも、何かの拍子に誰かの目にとまることもないわけではありませんよ。もしそうなった時、怖くないですか？》
その時に見せた真沙美の笑いはふてぶてしいとでも言えるほどのものだった。
《そうなったら田舎のことですから、大騒ぎになって、当然離婚されちゃうでしょうね。でも怖くないです。そうなったらなったで、夫と別れて上京して、こちらでＳＭクラブのＭ女にでも雇ってもらいます。そんなふうにならないかな、って期待するよ

うな気持も心の片隅にあるんですよね……》
《子供さんと別れることになっても？》
《うーん、あなたにとってSMとはそれほど大切なものなんですか》
ちょっと考えこむような顔になった人妻は、目を上げるとキッパリと頷いた。
《ええ、大事です。幻鬼さんの調教を受けてから自分の過去をふり返ってみたら、私、全然ちゃんと生きてなかったような気がします。今までいったい何をしてきたのかしらと、怒りさえ覚えるんですよ。夫や周りの人にもね……》
そこで画面がふーッと暗くなった。
次に明るくなった時、もう調教がはじまっていた。
椅子の類は片づけられ、スタジオのなかはガランとして何もない空間だ。
天井から鉄の鉤が吊り下げられて、真沙美の頭上、五十センチほどのところでユラユラと揺れている。
スポットライトが上と左右から浴びせられ、白く輝く裸身が立っていた。
洋服や下着を脱ぎ、白いパンティ一枚になった真沙美が背中の後ろに手を回して立っている。背後に立った幻鬼は麻縄を彼女の手首に巻き付けグイと締め上げた。

「うッ」

呻き声が洩れて、首がのけ反る。まるで縄に高圧電流が流れて、それに感電したとでもいうふうに裸身がビクンとうち震える。

《はは、もう軽くイッてるよ。見てごらん、前を》

幻鬼に促されて、カメラのレンズが真沙美の下腹、白いパンティに覆われている秘部へと接近していった。

「うへえ!?」

十六歳のまだ童貞の少年は、画面に映しだされた真沙美の下半身を見て驚いた。

先ほど自慰に用いた母親のパンティによく似た、白い、さほど飾り気の少ないパンティである。それがむっちりと肉のついた下腹や尻をぴっちりと包みこんでいて、ゴムのあたりはグラマラスな肉に食い込むようだ。

カメラは黒い繁みを薄く透かせている布が、悩ましい丘の下、秘裂を覆う部分をグーンとクローズアップしてゆき、悠也の目にもその部分が尿を洩らしたようにじっとりと内側から濡れているのが分かった。

(愛液って、そんなに溢れるの?)

まだ昂奮した女性器を間近に見たことがないから、なにがどういうふうになっているのか分からないが、それほどにまで液体が溢れるのだとは知らなかった。
《すごいでしょ》
ぐいぐいと縄をからめ引き絞ってゆく幻鬼がカメラを操作しているインタビュアーに言った。
《いやあ、すごいですね。まだ縄をかけただけなのに、こんなになるとは……》
二人の男が交す会話で、悠也はすべての女性がこんなふうになるのではないらしいと分かってきた。
《あうー、ふう、はあはあ、はあはあ……》
カメラが引くと、裸に剝かれた真沙美の顔が見えた。まるで高熱を出してうなされている病人のように喘いでいる。乳房の上下には縄がかかり、もともとメロンのように丸いふくよかな丘は紡錘状にひしゃげて前方に突出している。その先端の乳暈は赤黒く、乳首の色もセピア色だが、その乳首たるや信じられないほどに膨らんで尖っている。悠也の小指の先端ぐらいはあるのではないか。
(えーッ、おっぱいってあんなに突き出てくるのかよ)
自分が母親の乳首を吸っていた記憶をすでに失って久しい少年は、また驚かされた。彼が見たポルノビデオなどとはまったく違った、昂奮する女の実態がそこにあった。

一児の母であり平凡な主婦である女は、後ろ手に高手小手に縛りあげられた姿で、その縄尻を頭上からぶら下がっている鉤にひっかけられた。

ガクリと頭を垂れた裸女は、意識が薄れているかのように見える。

キリキリ、キリキリと音がして鉤が上昇してゆく。幻鬼がチェーンブロックのチェーンをたぐって女体を吊り上げにかかったのだ。

完全に宙吊りにするのではなく、爪先に体重がかかる程度にして、幻鬼はやおら真沙美のパンティの尻のほうのゴムに手をかけ、一気にぐいと膝のところまでひき降ろした。

(わ、でっかい……!)

パンパンに伸びきったパンティから解放された豊かな臀丘は、ひと周りも膨らんだように悠也の目に映った。

いかにも北国生まれらしい雪白の肌がスポットライトの光を受けて眩しいほどに輝いている。たぷたぷした尻たぶはつきたての餅を思わせる柔らかさと弾力性を秘めているように見えた。

脂ののりきった熟女の魅惑をたっぷりたたえた臀丘に向け、幻鬼がバラ鞭をふるった。九本の細い革ひもが房になった鞭だ。

ヒュッと空気を切り裂いた鞭の先端がビシッという小気味よい音をたててなめらかな肌を襲った。

「ああッ！」

垂れていた頭がバネのように跳ねあがり顔が上を向き、体全体がのけ反った。

（ひえーッ！）

強烈な鞭打ちに、悠也は衝撃を受けた。ＳＭプレイとはどこか「遊戯」のようなイメージを抱いていたのだが、最初の一撃がそんな先入観を吹き飛ばした。

（た、たまんないよ、あんなふうに叩かれたら）

まるで自分の尻を打たれたように体が反応した。真沙美は苦痛の叫びをあげ、一瞬床から足を浮かせるまで裸身を躍らせた。

冷然とした様子の幻鬼は、苦痛に身をよじってぶるぶる震えている爪先立ちの裸身に向けて、さらに鞭をふるった。何度も何度も残酷な打擲音がたった。絶叫があがり嗚咽《おえつ》が続いた。

（ど、どうしてこんなのがいいんだ？）

悠也は息を呑んでみるみる赤くなってゆく白い臀丘を呆然として眺めていた。

しかし何度も叩かれてゆくうち、真沙美の反応は徐々に変質してゆくのが分かった。

幻鬼は背中と二つの臀丘が数えきれない筋状の打痕で真っ赤に染まってしまうほど房鞭をふるうと、膝にからまっていたパンティを爪先から抜きとって、もう一本の縄を片方の腿に回して頭上の鉤にかけて縄尻を引いた。片足は爪先立ちのまま、もう一方の足がぐいと持ち上げられる。カメラはその姿を真正面から捉えたので、密生した黒い秘毛の奥にぱっくりと割れたような裂け目が見えた。そこからは白い粘っこい液がツーと糸をひくように真下の床へと滴り落ちている。

(叩かれても昂奮しているのか……?)

その推測は幻鬼とカメラマンの会話で確かめられた。

《すごいですね、ダラダラ垂らして》

《鞭でエンジンが全開になったの。もう恍惚境に入ってる》

今度は前にまわって乳房を叩いた。

「ぎゃあー、ああッ！」

女の最大の弱点は乳房だという。それは男にとって睾丸を打ち叩かれるに等しい。幻鬼はそれを知りながら手加減せずに強烈な打撃を何度も浴びせるのだ。そのたびに苦痛に歪む真沙美の顔。しかし涙をボロボロ流して頬を濡らしているのに、その顔はどんどん陶酔の色を濃くしてゆく。

ビシ！　バシバシッ！

豊かな肉丘が打ちのめされるたびにぶるんぶるんと揺れる。非情な鞭は腹部から黒い繁みに覆われた秘丘へと浴びせられ、最後は連続して股間を襲った。

「うあ、あうーッ！」

力まかせの一打をモロに秘唇へ浴びせると、ひときわ高い悶絶する声をはりあげたかと思うと、後ろ手縛りに片足吊りされた裸身がビンビンと跳ねおどった。

シャーッ！

透明な液が宙に放物線を描いた。

《おお、イキましたね。何もしないのに潮を噴いた》

童貞の少年に尿に見えた液体は、そうではないらしい。

《ああ、イッた。まあこれは序の口だ》

鞭を捨てた幻鬼が汗まみれの裸身をオルガスムスの余韻にうち震わせている人妻の黒髪を鷲摑みにして顔をあおのけにさせる。

《おお、いい顔してるじゃないですか》

クローズアップにされる真沙美の表情は、薄目を開けて、確かに観音菩薩のような慈愛に満ちた微笑を浮かべているように見えた。あれだけの激痛に耐えた直後に、このような穏やかな表情になるのが悠也には分からなかった。

幻鬼は半ば開いた真沙美の唇に自分のを重ねた。それはまるで恋人にするような接吻だった。むしゃぶりつくように真沙美がキスを返す。

「はあー……」

勃起してダラダラと透明な液を滲ませているペニスを摑んでしごきたてながら、悠也は驚きの嘆声を洩らした。

彼は「調教」という意味を理解しつつあった。

第九章　指と淫具の洗礼

悠也が、真沙美という熟女人妻の調教されるＤＶＤを夢中で見入っている時、母親の比紗絵は全裸で、脂汗を流して苦悶していた。

えつ子の寝室専用のバスルーム。金属の手錠で前手錠に拘束されて、透明な仕切りのなかに設置された洋便器に向かい、蓋に手をつく姿勢で屈まされた。無防備の、鞭打たれた跡も無残な臀丘を背後に突き上げる姿勢だ。

夫が総合病院の内科部長である関係からか、彼女の洗面所の戸棚にはいろいろな薬剤や医療用器具が置かれている。今も戸棚から取りだしたのは透明なビニール容器に入ったグリセリン水溶液の五〇ＣＣ使い捨てパックだった。

そのキャップを指でねじ切り、嘴管《しかん》に麻酔剤入りの軟膏を塗りながらえつ子は傲然と命令した。

「もっと脚を開いて、ケツの穴を見せるのよ！」

卑猥な言葉を浴びせられると、それが鞭のように子宮を直撃する。言葉を投げつけられただけでビクンと裸身をうち震わせた未亡人は、むっちり肉のついて、薄蒼く静脈の透けて見える白い透明感のある腿を割り広げた。

「はいッ、ご主人さま……」

そうすると肉の円球を縦に割っている裂け目が広がり、セピア色を帯びた排泄器官のすぼまりが露呈した。

医師にでもなければ見られることのない生殖の器官ばかりか排泄のための器官までさらけ出すことを要求され、比紗絵の羞恥と屈辱は一気に高まり、それが悦虐の感覚を強く刺激して子宮を熱くさせる。透明な液が秘唇から溢れ出て、糸をひくようにして便器の置かれているタイルの床を濡らした。偶然なことに、息子の悠也は真沙美という人妻が宙に吊られて愛液を滴らせている姿を見ていた、ちょうどその時間に。

「まあ、まあ、ヒサも大変なマゾに目覚めたわね。汚いお尻の穴を見られるのがそんなに嬉しいとは、ではたっぷりとグリセリンを呑ませてあげる」

キシロカインゼリーという水っぽい潤滑軟膏を塗ったひとさし指の指先でアヌスの菊襞を突き、ぐいと押し込む。第二関節までめりこませると、人妻は「ひッ」という悲鳴をあげ、全身に鳥肌が立った。

「はい、おいしいおいしいグリセリンをどうぞ」

円筒形のチューブの嘴管をぐいと菊襞のすぼまりに押し込み、ぎゅうッと握りつぶし、薬液を注入してゆくえつ子の手つき、動作は手なれたものだ。

「ああ、あー、はあッ」

直腸からS字結腸を経て大腸へと冷たい薬液が注ぎこまれてゆくと、たちまちに腸管は刺激されて蠕動を開始した。

「さあ、これで十分間、我慢するのよ」

空になった使い捨て容器を抜きさると、肉色をした柔らかいシリコンゴムで作られたアナルプラグを、ひくひく、いそぎんちゃくの口のように蠢いている肛門にブスリと埋め込む。肛門を塞ぐ栓だ。

その底には三本のビニールレザーのストラップベルトがついていて、それらの尾錠を嵌めてゆくと極細のTバックストラップショーツを穿かされたように見える。つまりどんなに排泄の圧力が強くてもプラグは外れない。

比紗絵が見える棚の上に置かれた砂時計をひっくり返した。上が空になれば十分が過ぎたことになる。

「私が戻ってくるまで待っていなさい」

呻き、唸り、脂汗を流しながら波状攻撃で襲ってくる便意に耐える比紗絵をトイレの仕切りに残し、えつ子はバスルームを出ていった。何をしに行ったのか、それを推測する余裕は比紗絵には残っていなかった。

　まさに腸がちぎれてしまうのではないかという、激しい苦痛を伴う便意に耐えて、

「ううー、あうう、助けてえ、お願い、出させてくださいッ」

　便器の蓋に載せた両手の間に顔を押し付けるようにして、哀切な哀願の声をあげて泣き悶える裸身から愛液と共に脂汗が便器に、タイルの床に滴り落ちた。

　きっかり十分後、えつ子が戻ってきた。

「ふふ、よく我慢したわね」

　比紗絵はようやくアナルプラグを抜かれ、便器に座ることを許された。

「あうー、ううう！」

　一秒でも座るのが遅れていたら周囲に排泄物をまき散らしていたかもしれない。

　耐えに耐えていた括約筋の締めつけを緩めると同時に、どッとばかりに糞便が迸《ほとばし》り出た。その噴射の反動で比紗絵の裸身が宙に浮くような錯覚を覚えたほどの、すごい勢いだった。

「ほほーッ、見た目はかわいらしいけど、汚いものをたっぷりため込んでいたのね。全部絞りだして奇麗にするのよ」

排泄の臭気をものともせず、便器に腰かけて排泄を続ける前手錠の比紗絵の眼前に立ちはだかるえつ子。

（ああー……すごい）

自分を責めさいなむ年上の熟女人妻が、涙にぼやける比紗絵の目には異教の邪神のように神々しくも禍々《まがまが》しく映った。比紗絵は戦慄を覚えた。

彼女は両性具有の美女に変身していた。黒いＰＶＣのプレイスーツの下半身に同じ黒い色の革パンティを穿いていた。ふつうのパンティと違うのは、股間にペニスをかたどった黒いゴムのディルドーが装着してある。ふつうペニスバンドと呼ばれるのだが、これはパンティ部がプレイスーツのＰＶＣと同じ素材、色艶なので、見た目にはプレイスーツそのものに人工男根が着いているように見える。

えつ子に見られながらの屈辱的な排泄をすませると、比紗絵はバスルームに連れてゆかれた。御影石をくり抜いたような、大人二人がゆうゆう並んで入れるようなバスタブに入り、底によつん這いになる。

睾丸の膨らみの部分までそっくりに作られた疑似男根をふりかざすようにして、動き回るえつ子は、シャワーをまず浴びせて、未亡人の肌を汚している脂汗を洗い流した。次にシャワーヘッドを外し、ホースの取り付け金具の部分を直接、比紗絵の肛門にあてがって強い水流を噴射させた。大量の水で腸を洗うシャワー浣腸だ。

内容物は排泄されていたので、注ぎこまれた水はほとんど汚れないまま排出された。腸は空っぽになりきれいに洗われた。

「さて、いよいよ、アナル拡張訓練よ」

裸身についた水滴をバスタオルで拭ってやると、全裸の未亡人を再び寝室へ追い立てるえつ子だ。

前手錠をかけられたまま、比紗絵はベッドに這わせられ、尻を持ち上げさせられた。再び麻酔剤入りのゼリーを塗り込まれた。使い捨ての薄い医療用ゴム手袋をはめたえつ子の指が容赦なく直腸までねじこまれ、内側の粘膜すべてにゼリーを塗りこめ、同時に括約筋を揉みほぐすようにマッサージする。

「あう、む、うー、むうう」

切ない喘ぎ声、悩ましい呻き声を吐きながら丸いヒップをうねうねとくねらす比紗絵の秘唇から、再び透明な愛液が溢れてくる。

「ふうん、この前もお尻をいじってやったら少し感じてたようだけど、今日はもっと感じてるみたいね。ヒサは案外、前よりこちらが感じる体質なのかもしれない」

比紗絵の肉孔器官をたっぷり潤滑し終えると、えつ子は今度は自分の股間に屹立する疑似男根にコンドームをかぶせ、それにもゼリーを塗りたくる。

「さて、これでよしと……」

えつ子はぶるんぶるんと揺れるディルドーの根元を片手で握りしめ、ベッドに上がり、這わせた比紗絵の豊かな膨らみの真後ろに膝をついた。

ちょっと背後をふり向き、それから比紗絵の尻をひっぱたいた。

「もう少し横を向いて。そう」

ベッドの上で斜めを向く形に這わせてから、おもむろにえつ子は股間のディルドーを菊襞のすぼまりにあてがった。両手が尻たぶの上におかれ臀裂を左右に押しひろげながら、フィッシュネットのストッキングを着けた腿の外側を比紗子の腿の内側に押し付けてぐいと割りひろげた。

「あ、あう、うー」

シーツに伏せていた顔を持ち上げて比紗絵は呻いた。ぐいぐいと排泄孔をこじあけて押し入ってくるシリコンゴムの槍。それはなんとも奇妙な圧迫感を女体に与えるのだ。激痛とまではいかないが、吐き気を伴う鈍痛。

「よし、入ってゆく……。力を抜いて。はあーッと息を吐くの。……そう、よし、よし。もう少しだ」

残酷なように見えてえつ子は挿入に細心の注意を払っているのは明らかだった。肛門粘膜は裂けるとあとが痔疾になりやすい。傷をつけないならそれにこしたことはないのだ。

「うッ、ううー、あッ、はあー、はあーッ」

わなわなと震え、ビクビクと痙攣する柔らかい肉。

「む……根元まで入った。ヒサは串刺しだよ」

勝ち誇ったようにえつ子が言うと、その瞬間、比紗絵の秘唇から透明な液がさらに溢れ出た。

十分ほどもかけてえつ子は、まるで男のように腰を使って、直径三・五センチのディルドーを深く押し込み、引いてはまた押し込んだ。

「あ、あうー、ううあー、ううう」

半眼を開くようにして呻き、喘ぐ未亡人の裸身はまた脂汗にまみれ、秘唇から溢れる愛液はシーツにどんどんシミを広げてゆく。彼女の前手錠をかけられた十本の指がシーツをかきむしる。

「どれ、前のほうもいじってやろうか」

ゆるやかに腰を動かしているえつ子は、手を伸ばして比紗絵の下腹をまさぐった。

「あッ、ああ、うーッ！」

激しく比紗絵が反応した。

「おやおや、これは不思議。お尻を犯られていると前のほうも感じるのかい。では、こうしようか……」

えつ子はディルドーを引き抜いた。

「あッ、ああー、あーン……」

甘えるような不満げな声をだしてヒップをうねりくねらせる比紗絵。三・五センチの円柱が抜けた肉孔はそのまま三・五センチのぽっかり開いた空洞を見せている。

「待ちなさい。二穴責めでどうなるか、試してみるから。ひょっとしたらひょっとするかもよ……」

手早くディルドーにかぶせたコンドームをひき毟《むし》り、新しいコンドームをかぶせるえつ子。さらにベッドサイドの子机に用意しておいた、もう一本の男根型バイブレーターにコンドームをかぶせ、ゼリーを塗りたくる。

「よし。仰向けになりなさい。そう、股を開いて膝を曲げるの」

おむつを交換される赤ん坊のような姿勢をとらせてから、尻の下に枕を入れてやるえつ子。秘唇から溢れる愛液は今や会陰部を濡らしてぽっかり開いているアヌスへ到達している。

「では、まずこいつを……」

アヌスにバイブレーターをあてがい、ぐいと押し込んでゆく。

「う、ううッ」とのけ反り悶える女体。だがすでに一度、奥深くまでディルドーで侵略された通路は、ラクラクと同じサイズのバイブレーターの亀頭部分を呑みこんだ。

「全部入れちゃうと、こっちが入らないからね」

えつ子はバイブレーターを三分の一ほど突き立てたところで止め、今度は比紗絵の両腿を抱え、上体を前に倒しながら股間の人工ペニスを膣口にあてがった。

「あう、ああ、おー、む、無理ですううッ」

肉が裂けるような恐怖を覚えて悲鳴をあげる未亡人。年上の妖艶な人妻はかまわずに体を重ねてゆく。

「あなたは体験も少ないから分からないけれど、前の穴も後ろの穴も訓練しだいではぐんぐん広がるのよ。やりかたがあるけれどね。そしてどちらも快楽を生みだす穴になる。これまではとにかく前からと思っていたけれど、あなたは両方感じるようだから、一挙に責めてあげる。さあ」

「う」と力むようにして、ほとんど男と同じふうに腰を押し付けてゆくえつ子。彼女の剝きだしの肌にもぱあッと赤みがさし脂汗がじわっと浮いてくる。

「あ、あー、む、無理です、裂けちゃううッ!」

悲鳴をあげて首を左右に振って拒否する比紗絵。その横面を平手でビシッと張りとばしてえつ子が叱声を浴びせた。

「私を信じなさい。裂けるようなことはしない。ほら、力を抜いて」

ワンワン泣き叫び体をよじって逃げようとする比紗絵を押さえこみ、まさにレイプしようとする男のように腰を進めてゆくえつ子。

「あうー……」

のけ反った比紗絵の目が白目を剝きだしにした。

「やった。ほら、皮一枚挟んで二本が擦れあってる。分かる?」

アヌスにめりこんでいるバイブレーターの底をぐいと押し込んでやると、比紗絵の二つ折りにされた汗まみれの体がまたビンビンと跳ねて、

「ぎゃ、ぎゃー、あうう、うぐ、イクー!」

絶叫した。覆いかぶさるえつ子が力をふり絞って押さえこまないとロデオのカウボーイのようにはね飛ばされる、それほどの暴れようだ。

「いくううう、うぐー、あうう、う一……ッ!」

叫び、泣き、吠え、あばれまくる未亡人の体の上で、えつ子が快哉の叫びをあげた。

「やったね、ヒサ！　おまえ、体の奥でイッたじゃない！」

その声を比紗絵は遠くに聞いた記憶があるが、その後は何も覚えていない。覚えているのは自分の体のなかで何かが爆発し、すさまじい快感の波が彼女の肉を溶かしてしまい、脳も溶けて分解してしまったような、そういう飛散してゆく浮遊感覚だけだった。

ようやく正気に返った時、えつ子の腕にしっかりと抱かれ唇を吸われていた。彼女も顔面から胸から汗まみれだ。

「やれやれだわ。膣を三回も責めて少しだけしか開発できなかったから、イカせられないかとちょっと不安だったけど、やっぱりヒサの体には感じる能力はちゃんと備わっていたんだね。しっかり凍りついていたので、目覚めさせるのに手間取ったけど、アヌスのほうから責めて溶かすことができた」

愛しげに誇らしげに言いながら接吻を浴びせてくる年上の美女に抱かれながら、比紗絵はまだオルガスムスの余韻に裸身をひくひくとうごめかせていた——。

「ふむ、よくやった。努力は報われたということだな」

ふいに別な人間の声が比紗絵の鼓膜を震わせた。男の、太い声だ。ずっしりと腹まで響くような声。

「あ……！」

びっくりして顔を上げると、いつの間に部屋のなかに入ってきたのか、容貌魁偉《かいい》な男がベッドの上の二人の女を見降ろしていた。

「あ、ご主人さま……」

ぱッと体を起こしたえつ子が、まだ結合していたディルドーを引き抜くと、シーツの上に正座するようにしてうやうやしくお辞儀をした。比紗絵は呆気にとられた。

「だ、誰なのですか……⁉」

かすれた声で聞くのがやっとだ。

にっこり笑ってえつ子が振り向いた。

「こちらが私を調教してくださったご主人さま。どうもあなたにオルガスムスを与えられないのではないかと心配になって、今日は調教の様子についてアドバイスをいただくためにいらしていただいたのです」

「……⁉」

自分には支配的な、女王的な態度でふるまっていたえつ子が、この男の前では最大限の敬意を払う態度になっている。比紗絵は夢でも見ているのではないかと思いながら、男を見上げた。

「こんな人が、世の中にいるのかしら……？」

年齢は五十二、三というところか。プロレスラーのような分厚い胸板を持つ頑丈な巨体を仕立てのいいダブルのスーツに包んでいる。その肉体の上にのっかっている顔は、見れば見るほど、地獄にいる閻魔《えんま》大王はこういう顔ではないかと思わせる容貌だ。醜いわけではないが、仁王像の憤怒の形相が見る人を圧倒させるのと同じような、当人はごくふつうの表情をしているのに、子供なら逃げだすか泣きだすか、恐怖と威圧を感じさせるような顔。

鼻の下に髭を蓄えた、いかにも精力の強そうな顔貌で、額は広く禿げあがり、薄い髪を後頭部へとぴったりオールバックにしている。顔全体はよく陽に焼けたような赤ら顔だ。

そんな男がズボンのポケットに両手を突っ込み、冷然とベッドの上の女たちを見つめている。特に比紗絵の肉体を。

ギロリという視線を肌に感じると、まるで自分が、食肉市場で選ばれている家畜になった気がした。全裸でいることの羞恥とか屈辱以前に、完全に物体として検分されている意識。

全身が金縛りにあったようだ。

ニタリ。

ふいに男が笑った。白い頑丈そうな歯がチラリと見えるほどの薄笑い。しかし、それは子供のように無邪気な印象で、その瞬間、比紗絵の金縛りがとけた。

「まだおれのことは言ってないのか」

「はい、そうです」

うやうやしく答えるえつ子。男はフンと頷くと、ポケットから何かを取りだした。今もなお比紗絵の細首に嵌められているのと同じ、黒革製の鋲を打った頑丈な作りのものだ。ポンとえつ子の前のシーツに投げ出す。

「嵌めろ」

「はいッ」

えつ子は主君からの拝領物を授かる臣下のような態度でそれを手にし、自分の首にかけた。彼女は髪が短いから難しいことではない。

(どうして、彼女が首輪を……？)

比紗絵はあっけにとられたままだ。自分の場合、首輪は調教を受ける自分がえつ子に対して全面的な服従を誓ったことの証だ。奴隷の徴だ。それが今、えつ子の首にもしっかり嵌まっている。

「よし、おまえはベッドを降りて、そこで奴隷のポーズだ」

腹まで響くような太い低い声で命令され、一瞬、比紗絵は子宮を内側から叩かれたような軽いオルガスムスを感じたぐらいだ。その声は魁偉な容貌を裏切ってオペラのバリトン歌手が歌うような重厚さがあり、声優なら人気を博しそうなほどの、官能を刺激する声だった。

「はいッ、ご主人さま……」

思わず反射的に答えてしまい、自分はこの男の奴隷でもなんでもないのだと気付いた。男とはベッドを挟んで反対側に降り、彼と正対する形で膝立ち開脚、前手錠の両腕を後頭部で組む姿勢をとった。

(あ……)

その位置だと男の後方にウォークイン・クローゼットのドアがある。そのドアが開いているのが見えた。

(あの中に入っていて、私たちを見ていたのだ)

そして気がついた。これまでまったく気がつかなかったのが不思議だが、ウォークイン・クロゼットのドアに鏡が取りつけられているではないか。今は開けっぱなしだが、閉じていればベッドの二人の姿を映しだすだろう。

（内装工事をしたというのは、このドアに鏡を取りつけるためだったのか）

すぐにピンときた。前のドアだと寝室で行われていることを見るためには、床に体を伏せて下の隙間から覗かねばならない。鏡がもしハーフミラーのようなものなら、そういう無理な姿勢をとらずとも、クローゼット側を暗くしておけばこちらを眺めることができる。

自分が最初の浣腸をされてトイレで十分間放置されていた時、えつ子は姿を消していた。その間にこの男を迎え入れ、あのクローゼットのなかに潜めさせたのだ。

（つまり、私がベッドの上でどうされたか、すべて見られていた……！）

どういう理由か知らないが、えつ子は自分の寝室に覗き見のための空間をしつらえたのである。

「おまえも脱げ。ストッキングはいい」

男の命令が今度はえつ子に飛んだ。

「はいッ、ご主人さま！」

別人の人格に入れ替わったような人妻が跳ねるようにして体を動かし、プレイスーツを脱いだ。

その時初めて、比紗絵はディルドーを装着したペニスバンドの構造が分かった。

プレイスーツと一体になるように設計してあり、プレイスーツの股間のファスナーを開いておくと、パンティの内側にも男根形の突起があり、彼女の膣のなかに嵌まるようになっているのだ。それを引き抜くと湯気のたつような白い愛液がこぼれ出た。

比紗絵を犯しながらえつ子もそれで愉しんでいたわけだ。

えつ子は、四十になるとは思えない、体操選手のように引き締まってスラリとしたヌードをさらした。

「その女……ヒサというのか、そっちに向かって奴隷のポーズだ」

黒い網ストッキングに首輪だけというえつ子にまた命令した。

「はいッ、ご主人さま」

ベッドの下の床にいる全裸の未亡人と同じ、腋窩をさらし秘部をさらす屈辱的な待機の姿勢をとるえつ子。

（いったい、どういうことになるの……？）

ただ呆然としている比紗絵。

「おれのことは、ヒサにまだ何も言ってないのか」

「はい、そうです。ご主人さまと私の関係についても」

「そういうことなら、まず、最初からおまえの口で説明してやれ」

「はい、分かりました」

えつ子は呆気にとられているだけの比紗絵をベッドの上から眺め降ろす立場で、口をひらいた。

「何が何だか分からないと思うけど、このかたがどなたか教えるわね。お名前は……」

「本名でかまわん」

窓際から肘掛け椅子を持ってきてドシンと巨軀を降ろした男が言った。木製の肘掛け椅子がギシギシと軋んだ。体重は百キロ以上ありそうだ。内ポケットからタバコを取りだし、ライターで火を点けてふうッと紫煙をくゆらせる。

「はい……。お名前は真坂吾郎《まさかごろう》さま。駅前に『アスカビル』というのがあるの知ってる？」

「ええ、確か下に不動産会社が入っていた……」

「そう。真坂さまはあのビルのオーナーで、不動産会社『夢見山アーバンエステート』の社長でもあるの。それだけでなくあの一帯の不動産をいろいろ持って管理している他、夢見山銀座にも何軒ものクラブ、キャバレー、バー、それに風俗店を持っています」

「あ……」

聞いたことがある。比紗絵に『ブーケ』の店舗を紹介してくれた不動産業の平松という人物が、以前「この街は、水商売や風俗店はひとりの男に握られてるんですよ」とぼやいたことがあった。もちろんいろんな不動産業者がいるが、彼らの上に君臨している「夢見山のドン」と呼ばれる人物がすべてを仕切っていて、高額、大規模な取引を彼に無断ですすめるわけにはゆかないのだという。

その男の名前が確か「真坂」だった。

不動産関係で何かやる時はかならず前もって報告しておく。それだけのことだが、了承を得られているのと得られていないのとではあとの進行が違う。

官公庁よりも先に伝えておけばスムーズに取引は進み、再開発事業も難航することがない。彼に無断で何の挨拶もなければ、いろんな障害や故障が起こり、時には取引がダメになる。

「別に、その男に金を払うとかそういうことはないのですがね、つまりは情報なんでしょうな。どこで何がどう進んでいるか、不動産についての情報を押さえておかないと気がすまない。もちろん再開発事業など、人より早くに情報が得られればいろんなところでもうけられますからね、情報が誰よりも早く耳に入ることで巨額の利益を確保できるわけです」

夢見山にも暴力団組織は勢力を広げているが、彼らでさえドンと言われる人物の意向を気にするのだと平松は教えてくれた。

「では『ブーケ』を開くのも、本来はその人に伝えなければいけなかったの？」

驚いて比紗絵が問いただすと、町の不動産屋は苦笑した。

「いや、そこまでの必要はないです。彼が気にするのは、何億、何十億という金が動く場合だけでね……。でもまあ、彼もこういう店ができているというのは知ってるでしょう。実は、彼の愛車というのがダイムラーの最高級車、マイバッハというやつです。一台が最低でも三千五百万円するという車で、そいつは真っ黒な車体に、ガラスも真っ黒にして乗ってます。たぶん防弾仕様でしょうな。五千万円はくだらないでしょう……」

自分はベンツでも安いクラスで、マイバッハの十分の一ですよと言う平松の口調は嫉妬の感情がこもっていたようだ。

「そのマイバッハを乗り回すのが彼の趣味で、よく町中を走り回ってますよ。変わった趣味でしょ？　暴力団と関係あるのならいつ命を狙われるか分からない。親分とかドンと呼ばれる人間はそうそう出歩かないものです。出かけるにしても運転手にボディガードがつくものです。ところが彼はひとりでハンドルを握るんですからね。ボディガードもつけない。凄い自信の持ち主なんでしょうな。ついこないだも、この前の通りを走ってゆきましたから『ブーケ』の前を通って、奥さんが働いてる姿なんて見てたんじゃないですか」

そこで比紗絵がぶるッと震えるようにすると、いまだ彼女を「奥さん」と呼ぶ、亡夫と高校時代に同級生だったという地元の不動産屋は、あわてたように手を左右に振った。

「いやいや、心配することないです。あの男はわれわれのようなしがない市井《しせい》の住民に目なんかくれませんよ。私も公式には一度も会ったことがない。彼が付きあうのは一流の名士だけでしてね、この街でいえば市や市議会の幹部ぐらい。あとは大金持ち連中ぐらいです。謎めいた人物で経歴がよく分からない。元暴力団の幹部だったのは間違いないですが、今はどの組織にも加わっていないようです。彼は風俗の店——まあ男のために女の子を用意してある店も経営していますが、よその暴力団は絶対、彼の店には手を出しません。そこも不思議なところでね……」

十年ほども前に突然、この街にやってきて不動産を買い占めだした。対立する人間たちは常に理由の分からないアクシデントや災難に見舞われ、あッという間に地位を不動のものにしてしまった謎の人物らしい。

「とにかく億万長者でもの凄い権力の持ち主だから、わしらしがない不動産屋は彼のご機嫌をそこねないように気をつかわないといけない。どこに目があり耳があるのか、それも分からんというのに。まったく疲れることです」

そんな話を聞いてから、『ブーケ』にいる時は表通りを走る車を気にするようになったが、もとより自動車のことに詳しくない比紗絵だ、マイバッハというのがベンツとどう違うのか、区別もできないのだから、分かるわけがない。それでも黒いベンツのような車が通りすぎると「あれがマイバッハかしら」と思ったりしたものだ。

そのマイバッハの持ち主が今、目の前にいる……。比紗絵の頭はますます混乱していった。

(夢見山のドン、というのはこういう人だったのか……)

圧倒されるのも無理はない。平松が語っていたことにウソはなかった。この男には幾多の修羅場をくぐり抜けた男の、自信に裏打ちされた泰然とした落ち着きがある。

「真坂さまは私のご主人さま。どうして私が真坂さまの奴隷になったか、それを説明するには、二十年近く前までさかのぼらなければならないの。私がまだ女子大生の頃よ。あなたが聞いたら驚くけど、私、実は風俗嬢をしていたの。それもＳＭクラブ。女王さまをね」

比紗絵は耳を疑った。えつ子がウソをついたりふざけたりしているのではないかと疑った。しかしえつ子の表情は真剣なものだ。

えつ子の口から語られた過去は、まさに信じられないことの連続だった。

第十章　マゾヒストの快楽

――女子中学生の頃、女子大生の家庭教師にレズビアンの愛撫を教えられて以来、えつ子は男性に興味をもたない娘として成長した。

中学から新体操部で活躍したえつ子は、有名選手を輩出している女子体育大へ進んだ。しかし練習の事故で膝と股関節を傷め、一流選手への道は閉ざされた。

ヤケになって遊び歩いていた時期（もちろんレズビアンとして）、街で声をかけられた。風俗業のスカウトだった。

「ご冗談でしょ。私はレズよ。男の相手なんかする気はないわよ」とはねつけたら、嬉しそうな顔で言われた。

「レズビアンがもてもての風俗だってあるんですよ。紹介します」

SMクラブの女王なら、レズビアンでも優遇してくれるところがある、というのだ。

「男の相手をしないなら……」と、高収入にも心をひかれ――当時から親の家業は衰退し、潤沢な小遣いをもらえなくなっていた――案内されるがままに連れてゆかれたのが、当時は四谷に事務所があった『幻鬼プロ』だった。

ここは恋縄亭幻鬼という人物が経営するアダルトビデオのプロダクションで、同時にSM演劇のプロデュースと公演も行っていた。

SM演劇といっても幻鬼の緊縛術や調教術をメインにしたSMショーというべきものだったが、そういうショーは時おりストリップ劇場で演じられるぐらいだったから熱烈なSMファンに支持されていた。

やがてそういったファンが集まる場を作り、会員制のパーティをやるようになった。口コミやSM雑誌で存在が知られ、会員がどんどん増えてきたのに気をよくした幻鬼は、やがて、会員だけを相手にするSMクラブ『幻鬼城』を作った。

スカウトが連れていったのが、この『幻鬼城』だったわけだ。幻鬼はかねがね美しいS女性――女王が少ないので困っていたから、特に専門のスカウトに頼んで美しくS性のある女性探しを頼んでいたのだ。

「レズビアンでもかまわない」というのは、男性に責められるよりは女性に――というM女性が少なからずいたからで、SMショーでは女性が女性を責めるショーも演じていたからだった。

事務所で幻鬼と面接したえつ子は、最初は報酬だけが目当てでレズビアンのS女王さまとしてデビューした。基礎的なことは幻鬼が教えてくれたので、縄の扱い、バイブや蠟燭の責めかた、浣腸の仕方などたちまち覚えこんでしまった。

若い娘に責められたいというマゾヒストの女性はけっこう多く、技術的にも優れていた彼女はたちまち売れっ子になった。

えつ子はマゾの女たち——たいていは自分より年上で裕福で社会的地位もある——とプレイを続けるうち、自分の体のなかにサディストの血が流れていることに気付いた。だから客がついて彼女たちを責めるのは楽しいことだった。

ある日、カップルの客がついて、えつ子は麻布にあるSM専門ホテル『オメガ・イン』へ向かった。男女カップルの客といっても、相手をするのは女性だけと言ってある。

自分のパートナーであるM女性を他のサディストに委ねたいという願望はたいていのS男性が抱くものだが、M女性のほうがいやがることが多いし、男性のほうも他の男に預けることに抵抗感を抱くことが多い。そういう場合、責め手が女性だと、どちらも納得しやすいので、えつ子もよくそういうカップルの相手をつとめてきた。

部屋で待っていたのは三十歳ぐらいのヤクザめいた異相の男で、連れは彼より年上の、ホステスふう熟女だった。

（ずいぶん人相が悪い男だ……）

最初に見た時、えつ子はギョッとした。この男が二十年前の真坂吾郎だったのだ。今のような泰然自若な雰囲気ではなく、剝きだしの刃のような危険さ兇悪さを感じさせる暴力団員だった。

ただえつ子が安心したのは、彼が恋縄亭幻鬼とは親しい仲だと知っていたからだ。自分は幻鬼の秘蔵っ子でもあるから、自分に対してこの男が何かをするということはないという確信があった。

当時のえつ子は向こうみずで、体はいくぶん傷めていたものの持ち前の運動神経の良さと鍛え抜いた肉体のパワーで、たいていの男とやりあっても負けない自信はあった。それでも真坂という男には密林で出会った猛獣のような不気味さ、畏怖感を味わったのである。

あとで知ったのだが、この時真坂は所属していた組が秘密のＳＭクラブを経営しており、その責任者という立場にあった。その時期、組織が籠絡したい財界の大物がいて、その人物が大のＳＭ好きだと分かった幹部の命令で、大がかりなＳＭショーをやることになった。そのショーの演目のなかにレズビアンＳＭができないかと相談を受けた幻鬼が、適当な候補者としてえつ子を派遣したわけだ。

それとは知らないえつ子だったが、その女を縛り一応のプレイをしてみせ、最後はバイブを使ってオルガスムスを与えてやった。

黙って見ていた真坂だが、プレイを終え、えつ子がプレイスーツを着替えようとした時、あざけるような口調で言った。

「姉ちゃん、あんた本当のオルガスムスを知らないな。そんなこっちゃSM嬢としてもハンパで終るぜ」

えつ子は激怒したが、それは図星をさされたせいでもある。レズビアンの多くはクリトリスによるオルガスムスで満足するタイプが多く、実はえつ子もその段階でしかオルガスムスを知らなかったからだ。

「女を責めるのはこうするんだ」

バイブ責めのあと、まだぐったりと横たわっている熟女に手早く縄をかけた三十代のヤクザは、彼女の裸身に痛烈な鞭打ちを浴びせはじめた。

驚いたことに女の反応はまったく違ったものだった。自分の手加減した鞭とは違う激烈な鞭を浴びてるのに、彼女は泣き叫びながらもたちまち陶酔した表情を見せはじめたからだ。

(ええッ、この男は何者なの……?)

呆然としたえつ子の前で真坂は裸になり、熟女を胡座《あぐら》の上に抱き抱えるようにして犯しはじめた。彼女は狂乱し、最後は透明な液を噴き上げてオルガスムスに達し、失神したようになってしまった。

金はもらったのだから帰ってよかったのだが、えつ子は目をそらすことができず、ついに最後まで見てしまった。それだけ犯し続けても真坂は射精しなかった。その巨根はえつ子をパニック状態にするほど魁偉《かいい》なものだった。

失神した女を横たえると、真坂はえつ子に毛むくじゃらの肉体と巨根を見せつけながら言った。

「レズビアンはいいが、マゾのなんたるかも分かってないな。本気で責められたこともないいんだろう。マゾの気持ちも分からず、女の本当の歓びも知らないでSの女王さまなんてやってんじゃねえよ、まったく」

これでえつ子の虚勢は崩れた。彼女はものも言わずに部屋を飛びだした。

何もかもあの男の言うとおりだと思うようになったのは三日後だった。

それまでは女があられもなくよがり狂い、失神めいた態度を見せるのはみな演技だとばかり思っていたのだが、真坂に狂わせられる女体を見て、クリトリスだけで味わうのとはまったく別次元のオルガスムスがあることが分かった。えつ子の足元が揺らいだ。夢にまで真坂が出てきて裸女を責め快感に狂わせるのだ。

(女として生まれて、あれだけの快感を味わわないまま死ぬのはイヤだ)

決意してえつ子は、雇い主である幻鬼にそのことを訴えた。

「私にオルガスムスを味わわせてください。マゾの歓びを教えてください」

「だったら真坂に頼むがいい。おまえはこれまでレズできたから、その殻をぶっ壊すのは難しい。真坂だったら壊せるだろう」

唇を嚙んで考えたえつ子はしぶしぶ受け入れ、今度は赤坂にあった真坂のSMクラブの事務所に出かけた。

「見どころあるぜ、ただの甘ったれ姉ちゃんかと思ったら、けっこう根性あるじゃないか。だったらおれも本気だしておまえにマゾ女の神髄を叩きこんでやろうか」

無条件でえつ子の調教をひき受けたわけではなかった。

「そうだな、一週間、おれに体を預けろ。それができるなら調教してやる」

とある場所に監禁され、一日二十四時間拘束されるのだという。その調教はおそらく言語を絶するものになるだろうとも言われた。

「まあ五体満足で返してやるし、傷めつけても元通りになるぐらいの傷だ。ただ二カ所だけ小さな穴が開く。そいつは少しだけ残るがな」

そう保証されてもどこまで信用していいものか分からない。

最後にえつ子に踏みきらせたのは、この男の全身から漲《みなぎ》る支配者としてのオーラだった。肉体は魁偉、顔貌は醜悪と言っていいが、態度物越しは洗練されていて、もの言いも決して粗野粗暴ではない。笑うと童子のような無邪気な愛らしささえ感じさせる。

えつ子はレズビアンだから男の匂い、筋骨の逞しさ、体毛の多さを不快に思っていたのだが、真坂を前にすると、それが気にならないのだ。気になる以前に彼のすべてに圧倒され畏怖してしまっている。

「分かりました。一週間、この体お預けします」という言葉が口をついて出た時は、自分でも信じられなかった。

「いい度胸だ、姉ちゃん。じゃあおまえにマゾ女の極楽を見せてやる」

立ち上がった真坂は部下がいるのもかまわずえつ子に全裸になるよう命令し、従った彼女を、当時、自分が住んでいた麴町のマンションへ連れていった。黒いリンカーンは自分で運転した。

「私はそこで一週間の調教を受けたの。女のオルガスムスはその日に味わわされた。マゾの歓びは一週間かけて教えこまれた。解放された時の私は、男も受け入れられる体になって、しかもマゾの歓びも分かる女王さまになっていた」

しかしえつ子はまだ学生だったし、親の目もあった。完全にＳＭ風俗の世界に入りきれずに、時たま幻鬼の仕事を手伝うぐらいでいた。

しかし一度目覚めたマゾ性と強烈なオルガスムスの快楽を忘れられず、えつ子は定期的に真坂に連絡をとり、短期の調教を受け続けていた。

ところが真坂の身に異変が起きた。暴力団同士の縄張り争いで、彼が属したＨ組の組長が射殺されたのだ。一気に叩き潰そうと襲いかかってきた対抗組織Ａ組から身を隠さねばならなくなり、大学を卒業して一年ほどの時点でえつ子は真坂と連絡がとれなくなった。

真坂は組長を殺された復讐を誓い、ひとりひとり敵対組織の組員を拉致しては強烈な拷問にかけ、主犯の組員と指令を出した組長の居場所をつき止め、急襲して殺害した。その後自首し、八年の懲役刑を受けて獄に下った。

警察が把握した被害者は二人だったが、Ａ組は組員七人が行方不明になって死体も発見されていない。組は崩壊した。そのことで真坂の名は暴力組織の世界で一躍有名になり、出獄したらどの組織に身を寄せるかが注目されたが、意外なことに真坂はカタギの道を選び、夢見山市で不動産業を開いた。

もちろん刑務所に入ってからの真坂の消息をえつ子は知ることはなかった。というのは、恋縄亭幻鬼を通じて「ゲイの医師がレズビアンの女と偽装結婚したがっている。ただし子供をひとり生むという条件がついている」という話が持ち込まれ、えつ子はその話に応じたからだ。

「その段階では私はバイセクシャルなんだから、純粋なレズを求めていた夫にとっては騙したことになる。でも男も受け入れられると言っても、誰でもってわけにはゆかないの。私が思わず跪《ひざまず》きたくなるような男性でないと。そういう男性はご主人さまのほかは何人もいなかったけど、私は男性を受け入れることができる体になったのは事実。でも夫はダメだったわね、やっぱり。彼がゲイでなくてもダメだったと思う」

真坂と再会したのは五年前、まったくの偶然からだ。

夢見山市の繁華街に買い物に出かけたえつ子は、駐車場に入れようとした時、自分のボルボをすれ違った黒塗りのリンカーンと接触させてしまった。そのリンカーンに乗っていたのがなんと、この街の不動産業界と風俗業界を牛耳りはじめた真坂だったのだ。

二人の関係はすぐに十数年前の昔に戻った。

真坂はこの街でもＳＭクラブやいくつもの風俗店を経営していたから、えつ子の人脈を利用したがった。つまり夫との人脈だ。

もちろんえつ子は応じた。夫はゲイだが、医師仲間には倒錯した欲望を持つものが多い。大勢の顧客を紹介することで、えつ子も見返りを得ることができた。

「私は、ときたまご主人さまのＳＭクラブで女王さまとして働くこともあるのよ。報酬が目当てじゃない、快楽が目当て。女を責めてサディストの快楽を味わい、ご主人さまに調教されてマゾヒストの快楽を味わう。そういう暮らしのなかに突然、あなたが飛び込んできたの。かねてからあなたを相手にレズビアンの快楽を味わいたいと思っていたのだから、飛んで火にいる夏の虫だったわけね。でも私の予想外だったのが、あなたがオルガスムスを味わえない体だったということ。それでご主人さまに相談して来ていただいたのよ」

――えつ子に二十年前からの真坂との交際を告げられて、ただただ唖然とするばかりの比紗絵だったが、それらが嘘ではないと確信した。

彼女がＳＭクラブで女王さまとして働き、今また時おり、真坂に頼まれて女王さま役をつとめているから、プレイスーツをはじめＳＭの道具が揃っているのだ。暴風のように圧倒的な力で比紗絵にオルガスムスを教えたのだ。

表面上は総合病院内科部長の夫人で豪奢なマンションに住む美貌の賢夫人は、なんとこの街の邪悪さを代表しているような人物、夢見山のドンと呼ばれる真坂吾郎をご主人さまと尊敬するセックス奴隷だったのだ。

「よし、それで説明はついた。分かったかな、ヒサ」

問われて、まだ奴隷のポーズをとったままの比紗絵は大声で答えた。

「はいッ、よく分かりました。ご主人さま！」

「納得したか」

「はい、納得しました。ご主人さまッ！」

真坂は苦笑してみせた。

「おい、おれはおまえのご主人さまじゃない。そう気安くご主人さまと呼ぶな。ここで呼べるのはえつ子だけだ」

「あ、申し訳ありません……」

比紗絵は神妙に謝罪した。

異相の巨人は、上着を脱いだ。ワイシャツの袖をまくった。その体毛の濃さには比紗絵も目をみはった。指の第二関節のあたりまで剛毛が密生しているのだ。

「しかし、おまえがおれの調教を受けたいのなら、考えないでもない」

そう言ってバラ鞭をとりあげた。

「ただ、おれの調教を受けたらあと戻りできない。それを覚悟の上なら調教してやろう。正直言って、おまえはなかなか魅力的な熟女だ。おれ好みでもある」

比紗絵は強烈な光を浴びたような気がした。歓喜が湧き起こった。

「本当ですかッ⁉　ぜひ、私を調教してくださいませ。奴隷にしてください。お願いしますッ！」

我を忘れて奴隷のポーズを崩し、前手錠の両手を床について土下座した。

「ふむ、そんなになりたいか。だが、おれの調教はおまえが考えてるような甘いものじゃない。ふつうの女ならまず音をあげる。まあ、それがどんなものか、おれがこれからえつ子にやってみせる。それを見てから一つだけ条件をだす。それで決心したらいい。おまえも『ブーケ』という店の経営者だ。あの店は立地もいいし客層もいい。ひと財産だ。それにかわいい息子もいるというじゃないか。奴隷になって調教を受けるということは、そういうものをほっぽらかしにすることだぞ。調教を受けたら考えかたも変わる。おまえが愛したものを捨てることになるかもしれん。それでいいのかな」

比紗絵は口ごもった。

「それは、あの……」

「な、人間は誰も捨てられんものがある。大事なものがある。自分一個の快楽のために犠牲にしていいかどうか、よく考えることが必要だ」

真坂は小机の上から小さな物体を取りあげた。比紗絵の両手を拘束していた手錠の鍵だ。

「こっちに来い」

全裸の未亡人の手錠の鍵を外してやると、

「おい、仰向けだ」

次にえつ子に命令した。

「ヒサはえつ子の頭のほうにいて、両手を押さえつけろ。暴れても離してはダメだぞ。いいか、そうだ。では、ひと可愛がりしてやろうか」

下着はすべて取り去り、黒い網ストッキングだけの裸女を見降ろしながら、巨軀で毛むくじゃらの男は鞭をふりあげた——。

第十一章　息子への絶頂告白

ドルルルル。

窓の下に重厚な、腹に響くような排気音が聞こえる。

（ん、なんだ……？）

服を着たままベッドに倒れこむように眠っていた悠也は目を覚ました。

枕元の時計を見ると十二時を過ぎている。

午後、史明に教えられたサイト『聖母の雫』にアクセスして母親と息子の近親相姦の告白や画像を見てしまい、クラクラするほどの刺激を受けて猛烈に昂奮し、書き込みにそそのかされる形で母親の下着を使って射精してしまった。

そのあと、自分宛に届けられた不思議なＤＶＤを再生してみたら、それは恋縄亭幻鬼なる男が作ったＳＭビデオだった。

地方都市に住む平凡な人妻、真沙美が幻鬼の調教を受けて激しいオルガスムスを得る姿が無修正で記録された会員制限定を銘打った動画ＤＶＤだった。

熟女人妻がもう家も子供も捨てても悔いがないというほど憧れる調教とは、苦痛に満ちた吊り責め、鞭打ち、蠟燭責めだった。絶叫し号泣する人妻は、しかし、しだいに陶酔してゆき慈愛に満ちた表情で何度もオルガスムスに達して気絶する——。

悠也は結局、二度見直し、二度、射精してしまった。

八時に、母親が用意してくれた夕食を電子レンジで温めて食べると、強い眠気を覚えて眠りこんでしまった。さすがに午後の四、五時間で三度のオナニーというのは、いくら性欲の盛んな十六歳の少年でも消耗させてしまったようだ。

(十二時か……。今ごろいったい何なんだよ)

重厚な排気音は間違いなく家の門前に駐まっている。

悠也は、それが母親の帰宅と関係あるとはまったく思わなかった。母親の帰りが遅かったようだがそれでも自分が眠っている間に帰宅したものとばかり思っていた。だとするとやたらうるさい排気音の車は我が家とは関係なく、向かいの家の関係だろう。

(しかし、なんか凄い排気音だな)

並のクルマではないことは、自動車とくにスーパーカーが好きな十六歳の少年にはすぐ分かる。それが好奇心を刺激し、彼はベッドを出て窓際に立った。そこからだと家の前の通りと門のあたりがよく見える。見降ろした彼は思わず目をこすった。

（すげえ、これって噂のマイバッハだぜ……！）

外車が好きな友人同士で噂になっていたのが、黒塗りのマイバッハのことだった。ダイムラークライスラー社の最上級クラスの乗用車で、一台が四千万から五千万円するという、日本でも百台あるかないかという高級外車だ。そのマイバッハが、このところ夢見山市内を走っているという。四人の仲間のうち三人が見ているのだが、悠也はこれまで一度も見たことがない。

都心に行けば何台か見ることはできるだろうが、人口四十万人の夢見山市では、あっても一台ぐらいだろう。これまで実物を見たことがない悠也は街に出た時など注意して見渡しているのだが、まだ一度も目にしたことがない。

そのマイバッハの特徴ある赤いＬＥＤのリアランプが闇に輝いている。黒い塗装のルーフには太陽電池のパネルが並べられている。駐車時に冷却装置を動かし、車室内の気温を外気より十五度下げられる。そんなものを装備しているのはマイバッハしかない。

（でも、この車、どうしてウチの前に……？）

ロングホイールベース型の、長大な巨体がデンと駐まっているのは、まさに深見家の門の前なのだ。排気量五千五百CC、十二気筒ツインターボ五百二十馬力という怪物的なエンジンのアイドリング排気音を響かせて。

呆然として窓から見降ろしていると、マイバッハの助手席——右側のドアが開いた。降りてきたのは自分の母親ではないか。

（うわ、ママだ……！）

比紗絵はまだ帰宅していなかったのだ。そして真夜中すぎ、よりにもよって悠也が憧れていたマイバッハで帰宅してきた。

（ありえねー……！）

息を呑んで見守る悠也。運転席の誰かにていねいにお辞儀している比紗絵。運転している人間と何か会話を交し、ふたたびていねいにお辞儀する。マイバッハはドルルという地響きのするような排気音を吹きあげると滑るようにして走り去っていった。その後ろ姿を見送る母親はふと窓を見上げ、息子が自分を見降ろしているのを発見した。

（いけね、気まずい）

悠也は狼狽した。彼は母親が恋人とデートしてきたのだと思いこんでいる。深夜に送られて帰宅した姿を、特に息子には見られたくないだろう——とっさにそう思ったのだ。

比紗絵のほうは狼狽や困惑の色は少しもなかった。ちょっと固い表情で右手を上げてひとさし指を下に向けた。

(降りてこい、と言っている)

悠也は驚いた。母親は帰宅しても悠也が居間やキッチンにいないと、自分のほうから悠也に何か言うとかしたことはない。そのまま寝室に入り、入浴して眠る。彼が母親の顔を見るのは、朝起きてからだ。

(いったい、何事だよ……?)

首を傾げながら階下へ降りてゆく。午後、母親の寝室に入りパンティを持ちだしてそれでオナニーに耽った。それは洗って干して、さらにドライヤーを使って乾かしてすでに注意深く元どおりに戻しておいた。それでも後ろめたい気持はある。

比紗絵は居間ではなく、キッチンに入った。そのあとから悠也がゆくと、彼女は食卓に向かって腰かけ、目でさし向かいに座るよう支持した。

「誰のなの、あの車。マイバッハでしょ」

息子の問いかけが耳に入らぬふうで、比紗絵は両手をテーブルの上で組み、何か考えるふうなので、悠也はそれ以上話しかけるのをやめた。何かただならぬ雰囲気が母親の体から発散している。それに気付いたのだ。

「悠也くん、ママ、お話しがあるの」

深刻な思いつめた表情の母親の顔を、彼は一生、忘れることができないだろう。もともと比紗絵は楽天的な性格で、そんな真剣な顔をしているのを息子はかつて見たことがない。

(何か、疲れてるような……)

そして彼女が話しだした言葉。悠也はバットで殴られたような衝撃、あるいは大地震で立っている大地が裂けたような揺らぎを覚えたほどだ。

「ママは、ある男のかたの奴隷になって調教をしていただくことに決めたの」

「えーッ、なに、それ？」

いきなり奴隷、調教と聞かされて呆然としてしまった。数時間前、DVDで奴隷志願だという人妻が恋縄亭幻鬼に調教されるドキュメントを見たばかりだというのに。

(ひょっとしたら、ママはあのDVDをぼくにわざと送ったのか？)

一瞬、とっぴな考えが脳裏をよぎった。もちろんそんなバカなことはあるわけがないが、あまりにもタイミングが合いすぎた。

母親が何か芝居をしてあとで自分を笑わせようとしているのか、とさえ思った。そういう時に自然に浮かぶ薄い笑いは、次の言葉でひっこんだ。

「これから言うことをよく聞いてね。すべては悠也が史明くんにしていたことからはじまるんだから」

息子はそれまで、史明を自慰の道具にしていたことは、母親はまったく知らないと思いこんでいた。史明の母親が息子を自分から遠ざけようとしているのは、単なる母親の不安からだと甘く考えていた。

(うえッ)

二週間前、ガレージで史明のアヌスを愉しんでいたところをバッチリ見られたことにはまるで気がついていなかったから、そのことを言われた時は頭を殴られたようなショックを覚えた。

(そうだったのか……)

ようやく史明が遠ざけられたのは比紗絵がえつ子に相談に行ったからだと分かった。

「見てたのか……。でも、もうしないよ」

悠也があわてて言い訳しようとするのを制して母親は言葉を続けた。それは十六歳の少年には信じられないようなことばかりだった。

えつ子に相談に行ったら、彼女は史明が自分の下着を着けてオナニーをすることを認めていること。ゲイであっても仕方ないと思っていること。ただし悠也がゲイにのめりこんでしまうのを防ぐために、史明には因果を含めておくと約束してくれたこと——。

「問題はそのあとだったのよ」

母親が感情をさほど表に出さず、たんたんとした口調で打ち明けるのが悠也には怖かった。何かに憑《つ》かれているように思えたからだ。

えつ子は長男の悦史の性欲を自分の手で処理してやっていたこと。

悠也がゲイなのかどうか、史明に直接質問するから、クローゼットのなかで聞いてくれと言ったこと。

史明が母親からお仕置きを受け、アヌスを検査され、さらに手で射精させられたこと。

（やっぱり、史明とあいつのママは、近親相姦一歩手前の関係なんだ……）

だから二人で『聖母の雫』にアクセスし会員になっているのだ。それでハッキリ分かった。

しかし驚きは次から次へと襲ってきた。

えつ子が比紗絵の欲情を見抜き、睡眠薬入りのハーブティを呑ませて眠らせ、拘束してからレズビアンの愛戯で比紗絵をメロメロにしたこと。

「えーッ、史明のママがレズ？」

さすがにたまりかねて悠也は叫んでしまった。

「本当は男性も受け入れられるんだけど、少女時代からレズビアンなのよ、あの人は……」

悠也は頭がクラクラしてきた。それなのに悦史と史明、二人の男の子をもうけたのはどういうわけなのか。

「そのことはあとで説明するわ。えつ子さんのご主人のこともね。今は、えつ子さんがご主人とはセックスレスで、好きに性生活を営んでいるとだけ知っててちょうだい。ええと……」

比紗絵も頭を抱えた。悠也に分からせるためには、あまりにもいろいろ話さねばならないことがある。

「それでね、えつ子さんは私にレズの欲望を抱いて誘惑したのだけれど、私があまり感じない体質だと見抜いたの。そこでいろいろ質問されたの。一種の拷問みたいなものね。私、全部打ち明けなきゃいけなかった。質問された内容は、要するにママの性欲と性生活のことなの」

比紗絵が、えつ子に告白したことを、今度は息子にそっくり伝えだしたので悠也は呆然とした。

自分の母親の性欲や性感のことなど、息子は聞きたくないし知りたくないのがふつうだ。ほかならぬ自分を生み育ててくれた女性ゆえに母親は特別な存在だからこそ、神秘的でいて欲しい。目の前にいる母親はそんな息子の感情に頓着せず、彼の父親とは死ぬ前はほとんどセックスレスで、欲求不満はオナニーで解消していたこと。ただしオナニーはクリトリスを刺激するだけで、膣の奥で感じる深い豊かなオルガスムスとは無縁であったこと——。

「私はそれまで、セックスの歓びはこれでいい、と思っていたのよ。クリトリスオナニーでもそれなりに気持ちいいし、イクとスッキリするし……。でもずっとモヤモヤしたものはあった。もっと深い豊かな歓びがあるんじゃないかと。でも店のこととかきみの教育のこととか優先課題がもっとあったから、そんなのは後回しでいいし、もし体験しないまま死ぬなら、それでもいいと……」

悠也は驚いた。そういう言葉には今日の午後、二回接した。最初は『聖母の雫』でのマザー・マドンナの告白、そして二度目は恋縄亭幻鬼のビデオでインタビューに答えた真沙美という主婦。

「えつ子さんは私に同情してくれて、絶対膣オルガスムスを感じるべきだと言うのよ。そして『私の奴隷になるなら、あなたを感じさせる調教をしてやる』と言うので、私、えつ子さんの言うなりに奴隷になって調教されることを誓ったの。だから水曜と土曜は午後、ずっとえつ子さんの寝室で調教されていたのよ。今日も……」

悠也はもう何も言えず、パカッと口を開けて母親の言うことを聞くだけだ。

えつ子はかつてＳＭクラブでレズビアンの女王さまとして鞭をふるっていたという。緊縛やさまざまなＳＭプレイを駆使して比紗絵の肉体を刺激して、今日、ついに比紗絵は、これまでとは比べ物にならない膣オルガスムスを味わうことができた。

「それで分かったのよ。女の本当の歓びを私はまったく味わってこなかったのだってことが。そう思ったらパパのこと――こんなことを言ったら悪いけど、私の体に無関心だったことが憎くてたまらなくなったわ」

寝室の奥の和室に仏壇を置き、朝晩、線香を絶やさないでいるはずの亡父のことをそんなふうに言いのけた母親を、悠也は信じられない思いで見つめるばかりだ。

「それがどんなものか、悠也に言っても分からないだろうけど、今、悠也はちゃんと射精するといっぱい精液が出て、とても気持ちいいでしょう？」

いきなり自分のオナニーが比喩に出てきて悠也はあわてた。

「あ、え？　う、うん、気持いいよ、それは……」

「それが最高の百だとして、精液が一滴か二滴ぐらいしか出ない射精を考えてみて」

「う、うーん、そんな射精はイヤだな。ピッと感じて終りというのは」

「それが、ママがこれまで知ってたオルガスムスなの。クリトリスでイクというのはそれぐらい」

「へえー……。じゃあ、ママは史明のママのおかげで感じられるようになったんだ。最高じゃないの」

「そうでもないのよ」

そこで比紗絵はシャンと居ずまいを正すようにして息子の顔を見つめて言った。

「それでもまだ、本来のオルガスムスの半分でもないのよ。本当のオルガスムスはもっと違う」

「どう違うの」

「たぶん精神の問題だと思うの。絶対的に支配された人に与えられるオルガスムスが最も素晴らしい快楽を味わわせてくれるんだわ。さっき、それが分かった……」

「ど、どういうことなのさ」

「つまり、本当の調教というのがあるの。それを経《へ》ないと完全なオルガスムスは味わえないの。ママはね」

　これが三十七歳と十六歳の息子の会話かと思いながら、今度は逆に悠也が好奇心をそそられた。

「その完全なオルガスムスを味わわせてくれるのは、えつ子さんじゃないんだ」

「そうなの。実は今日、私が調教されているところを見ていたかたがいるのよ」

「ははあ、その人がマイバッハの持ち主……」

「ええ、そうよ。実はそのかたがえつ子さんのご主人さまだったの」

「ひッ、どうしてそうなるの？」

　いきなり二十年前の過去に遡《さかのぼ》って説明してやる比紗絵。

　さっき車を降りる時、真坂はこう命令した。彼は「これまでのすべてのことを息子に打ち明けろ」と命令したのだが、「恋縄亭幻鬼のことはちょっと問題がある。えつ子があいつのところにいたのは事実だが、幻鬼の名前は言うな」と言ったのだ。なぜなのか理由は分からないが、比紗絵は命令に従った。えつ子との約束に従って、彼女と悦史の関係や夫がゲイで秘密結社に属し、仲間うちで便宜をはかりあって巨額の利益を得ていることも言わなかった。

「あるＳＭクラブで働いていた時、そのかたに出会ったの。名前は真坂というの」

「真坂……」

当然ながら悠也にはまったく心あたりのない名前である。

「そのかたがえつ子さんの欠点を見抜かれたの。『おまえはマゾヒストの心も分からないし女の歓びも知らない』って。確かに当時のえつ子さんは膣オルガスムスを知らなかったのよ」

真坂によってマゾヒストの女としての歓び、膣オルガスムスを得られる歓びを味わったえつ子は、真坂に完全に心服した。しかし真坂は殺人の罪で刑務所に入り、十五年の空白ののち、偶然、この夢見山市で再会した。

「す、すげえドラマチック……」

悠也は思わず叫んでしまった。何か「巌窟王」のような長編ドラマの感じだ。

「えつ子さんはそれ以来、真坂さまの奴隷として時おり調教をされているの。今日は私に対するえつ子さんの調教についてアドバイスを求めて、いらして見ていただいたのよ。私がようやく膣オルガスムスでイケたのを見届けられて、今度は真坂さまが私の目の前で、自分流のやりかたでえつ子さんを調教して、私はそれを見させられたの」

悠也にとっては何がなんだか分からない展開になってきた。

「その真坂さまの調教を見て、私は全身が震えたのよ」

悠也は母親の目の、何者かにとり憑かれたような輝きを見て戦慄した。目の前にいるのは果たして今朝まで自分が見知っていた、同じ女性なのかと疑う気持ちさえ湧いてくる。

(ママをこんなにしてしまうなんて、真坂って男、どんな人間なんだろう?)

それが知りたかった。マイバッハを乗り回すぐらいだから並の人間ではないことは確かだろう。

「それで私、真坂さまにお願いしたの。えつ子さんと同じように私を調教してください、って」

「それで……?」

問い返す少年の声がかすれている。緊張で声帯がうまく動かない。

「真坂さまは条件をお出しになって、それを受け入れたら私のご主人さまになって、調教をしてやるとお言いになったのよ」

「どんな条件……?」

「それは……」

言いかけて比紗絵は言葉を呑み、ツイと立って冷蔵庫から缶ビールを取りだしてきた。アルコールはあまり強くない彼女だが、風呂あがりにはビールを呑む。

流しからグラスを二個取り、息子の前にもポンと置いてビールをなみなみと注いだ。

「あなたも呑みなさい」

「……」

母親が無言でビールをグイと呷《あお》るように呑んだことで、悠也は彼女が緊張し昂奮して喉がカラカラになっていたのだと分かった。自分も呑んだ。苦いビールがこんなに美味に感じられたのは初めてだった。

「ふう」とひと息ついた比紗絵は、息子をまじまじと見つめ、どうしたものかと考えるようにあちこちを見回し、首を傾げていたが、やがて思いきったように言葉を吐きだした。

「真坂さまは、私がどれぐらいの覚悟なのか知りたい、と言うから私は『何もかも捨ててもいいです』と答えたの。そうしたら笑われて、店や財産は捨てられても息子は捨てられまい、と言われて私は詰まってしまったのよ」

その時、悠也の脳裏をかけ巡ったのは、調教DVDのなかでインタビューに答えていた真沙美という人妻の言葉だった。彼女は自分のことが露見して離婚されてもかまわない、子供を取られてもかまわない、とキッパリと言いきったではないか。

悠也は息をするのも苦しくなった。

「それで……？」

「私、何も言えないでいたら、真坂さまは少し条件を緩和してくださったの。『息子を捨てなくてもいい。だが調教が完成したら、おれの目の前で息子と交わってみろ、それがおれに対する報酬だ』と……」

そこで比紗絵はワッと泣きだしてしまった。悠也は動転した。比紗絵がふり絞った声は悲痛なものだった。

「私、分かりました、そうしますって言ったのよ！」

「そんな……」

全身の力が抜けてヘタリこんでしまった息子。

母親が息子に告げた真坂の条件はえつ子が真坂の指示でワープロで打ち、プリントアウトしてくれた。比紗絵はトートバッグからそれを取りだして息子に渡した。悠也は記された文章を読んでいった。

《比紗絵はまず、これまでのすべての経過を悠也に告げる。

比紗絵は自分が真坂の奴隷になり調教されることを悠也に了解させる。

比紗絵は調教がはじまったら、調教の経過を日記にして、それを毎日悠也に読ませ、進行の具合を分からせる。

悠也は母親が最終調教を受けられるように協力する。

比紗絵の最終調教は悠也も立ちあい、終了した時に悠也は母親と交わって、ご主人さまに見せなければならない。

ただし最終調教以前に、比紗絵と悠也は交わってはならない。それが分かった段階で調教も主従関係も打ちきられる。

――これらすべてのことを悠也が了承し実行した場合は、比紗絵と悠也の関係を維持することを認める。そうでなければ、悠也を捨てる以外、ご主人さまの奴隷になる道はない。》

「……」

悠也は何度も読み返してみた。その間、比紗絵はぐすぐすと鼻を鳴らして啜り泣いている。母親というより姉のような、そんな印象を抱いた。どういうものかずっと若く少女っぽく見えるのだ。

「悠也はママのこと、頭がおかしくなったと思うでしょ」

哀れっぽい目で見る。同情する心が湧いた。これが真沙美という人妻のＤＶＤを見てなかったら、確かに母親は発狂したのではないかと疑ったことだろう。今は違う。

この世のなかに絶対に服従したい女と、服従させる男がいるのを知っている。

「最終調教が終ったらどうなるの？」

悠也は聞いてみた。

「そうしたら、えつ子さんと同じよ。求めに応じて調教を受けることになるわ。たぶん、私は『ブーケ』を売って、街中で新しいお店をやるか、勤めるか、するようになると思う。真坂さんの風俗業のお手伝いという形で……」

悠也はまたショックを受けた。

（そこまでママはマゾに目覚めちゃったのか……）

今まで命がけでとり組んできた『ブーケ』を捨ててもいい、というのだ。今度は自分も捨てられるのではないかという恐怖が湧いてきた。

（ここでダメだと言ってもママは真坂という人のところへ飛びこんでいってしまうだろうな）

悠也は大きく深呼吸して答えた。

「分かった。全部、ママの希望どおりにするよ。それでママが幸せになるんなら」

「悠也……！」

比紗絵の顔いっぱいに歓喜の色が浮かんだ。

「ありがとう！」

叫ぶと同時に立ち上がり、ドーンと体をぶつけるように抱きついてきた。

「う、ママ、お、落ち着いてよ」

「ありがとう、ありがとう」

わあわあ泣きながら猛烈な勢いで息子を自分の寝室のほうへと押しやる。その迫力に圧倒されて、気がついた時は悠也は母親のベッドの上に押し倒されていた。

「む……！」

唇が重なってきた。舌が滑り込んできて彼のにからんできた。

（わ）

悠也の生まれて初めてのキスの相手は、母親ということになった。

（甘い……）

とろりとした唾液を啜って悠也は頭がクラクラした。

「ママ、何を……!?」

暗いままの寝室で息子を押さえつけたような姿勢で見降ろす比紗絵の顔は、悠也が初めて見る妖艶な「女」の顔だった。十六歳の少年は戦慄した。同時に激しい欲望が下半身に突き上げた。

「ご主人さまはおっしゃったの。悠也とのセックスは厳禁だけど、それ以外の方法で歓ばせてあげるのはかまわない、って……」

比紗絵はすばやくカーディガンを脱ぎ、ブラウスを脱いだ。乳首が透けるような薄いカップのブラジャーは赤い色で、それを引きちぎるように脱ぎ捨てると、熟して枝から落ちる寸前の果実のようにゆらりと揺れる白い乳房を息子に押し付けてきた。まだ思春期の少年は、強い刺激的な匂いを嗅いだ。それは真夏に潮のひいた磯辺の匂いを思わせた。頭のなかで陽光がきらめく。

「ママ……」

夢中でむしゃぶりつくと、乳首を与える慈母の顔になった比紗絵が、すばやく息子のズボンをトランクスと共に引き下げた。

汗で湿ってやや冷たいほどの指が焼けるように熱く、ドクドクと脈打っている肉槍器官にからみついた。

「まああ、こんなになって……。ああ、美しいわ、悠也のペニス……。逞しくて若武者みたい」

母親の声が遠くに聞こえて、悠也は膨らみきった乳首をチュウチュウと吸いながら全身を貫く快美な快感に身を任せていった。

「おっぱいは触っていいわ」

右手をもう一方の乳房に導かれた。

（すごい、柔らかい。ムチムチしてる）

空気の注入をパンパンになる前で止めたゴムまりの感覚だ。悠也はぐいと揉みあげながら掌が得る感触に酔った。

「ああ、あー、ううウッ」

比紗絵の唇から洩れる呻きは苦痛によるものだろうか快感によるものだろうか。

二人の手が闇のなかでそれぞれの対象をまさぐりあい、やがて、

「ママ！」

悲痛な声をあげて悠也が腰を突き上げた。

噴き上げた精液は、四度めだというのに天井まで届くかと思うほどの勢いだった
——。

「悠也、きみはもうすばらしい大人ね……」

嬉しそうな母親の声。再び熱烈な接吻を浴びせられて、息子は夢を見ているのだと錯覚した。醒めればまたこれまでどおりの朝が来るのだと。

第十二章　黒幕の正体

午後の陽がだいぶ傾いた頃、黒塗りのマイバッハが、泊地に帰投する戦艦のように悠然と、ガレージのシャッターをくぐって入ってゆく。

シャッターは自動的に降りてゆき、同時にガレージの照明が点いた。

運転席から真坂が降り、後部ドアをうやうやしく開けて声をかけた。

「御前《ごぜん》、着きました。どうぞ」

「うむ」

鶴のように痩せた禿頭の老人がマイバッハの優雅な後部座席から降り立った。和服を着ているが、顔はインド独立の父と呼ばれたガンジーを彷彿させる。そっくりと言っていい。ただ、眼光は猛禽《もうきん》のように鋭く、見るものを威圧させる点がガンジーとは違う。

片手に杖を持った老人は、自分の二倍はあろうかという巨軀の人物に支えられた。反対側のドアから二人の男が降りて、御前と呼ばれた老人を囲む。

ひとりは五十代、腹が突き出た肥満体で、容貌は監督のヒッチコックを悪相にした感じ。もうひとりは三十代半ばか、びしッとスーツを決めて、こちらも人相がもう少し柔らかければ、やる気まんまんのベンチャー企業の若手オーナーという感じだ。二人とも老人にあまり近づかないよう気を遣っているのが分かる。

「こちらにエレベータがあります」

「ほうほう」

老人は飄々《ひょうひょう》と足を運びながら周囲を見渡した。

「マイバッハがもう一台あるじゃないか。あれはアストンマーチンか」

真坂が答える。

「はあ、車道楽なものでして……」

「田園町に五台は入るガレージを地下に持つ大邸宅を構えるとは……。真坂は豪勢な暮らしをしているのう」

老人の年齢は八十歳を越えているように見えるが、その声は真坂に負けず力強い。

「これも御前のおかげです」と真坂が言う。どんな男を相手にしても一歩もひけをとらない真坂が、この人物の前では師匠の前の弟子のようだ。

エレベータは四人乗りだったがまず老人と真坂が乗り込んで上がった。すぐにドアが開いた。そこが一階だ。

メイドの服装をした若い女がエレベータの前に待ちかまえていた。

「いらっしゃいませ、御前さま」

「ほうほう、可愛い娘だ。しかし〝御前さま〟では敬語がダブる。御前でいいんだよ。ほうほう」

先に立って案内する娘の尻の丸みを遠慮なく撫でる老人。ふつうならキャッと騒ぐだろうが、あらかじめ予想しているのか娘は少しも騒ぐことなく、落ち着いた態度で広い居間へと客を案内した。

応接セットが三つ配置されて、彼らは暖炉がしつらえられた一画で、老人がゆったりした肘掛け椅子に座った。遅れてきた二人はソファに腰を降ろした。

別のメイドが飲み物を載せたトレイを運んでくる。

「美人の女中がぎょうさんいるのう」

真坂は老人に茶をすすめながら苦笑した。

「女中ではありません。今日は特別、『バックガーデン』のほうから三人を呼んでまして。ふだんは私の身の回りの世話をする女ひとりだけです」

「おお、『バックガーデン』から呼んだのか。道理でみないいケツをしとる、ほうほうほう。少しも垂れておらんわ。ほうほう」

老人の笑い声はそれだけ聞くと鳥が啼《な》いているようだ。

「わしは茶よりこちらがいい。吸われるのがな」

茶菓子を運んできた三人目のメイド姿の娘を指さす。

「気に入られましたか。ミカ、では御前のお傍に」

「はい」

素直に頷いた娘が老人とテーブルの間に跪いた。

真坂は苦笑するように他の二人に目で合図した。二人の男は立ち上がってこの邸の主人と少し離れた席へと移動した。彼らの背後では老人の股間に顔を伏せた娘がチュウチュウと音を立ててペニスを舐め啜っている。

老人は目を閉じて心地よさそうだ。

「おお、極楽、極楽……」

そういう振舞いに慣れている三人は思い思いの飲み物を啜りながら言葉を交わした。

ヒッチコックによく似た肥満男が訊く。

「ここまでは順調だな。女のほうは？」

「いま車を迎えに行かせている。三十分もすれば到着だ。こちらの準備はＯＫだ」

「息子は？」

真坂はポケットから携帯を取りだし、液晶画面を見た。メールが届いている。

「猿田《さるた》を尾けさせているが、学校から家に向かっている。問題ないだろう」

「ふう」

二人いるほうの、若いほうが吐息をついた。

「やれやれ、えらい手間がかかったな。金もかかった」

年上のほうが頷いた。

「御前がこういう趣味だと知らなかったら、島村、おまえなんか門前払いだったろうよ。真坂さんのおかげで御前もご機嫌うるわしく話を聞いてくれて、ここまで来られた」

島村と呼ばれた男は、二人の年長者に頭を下げた。

「その点は真坂さんと山田さんに感謝しますよ。それにしてもよく、ぴったりの母子がいたもんだ」

真坂が言った。

「いたんじゃない。そういうふうに仕立てたんだ。シナリオを描いてな。どういうふうにしてもここに来るように、洗脳していったんだ」

「真坂さんはプロデューサーの才能があるぜ」

若い男がへつらうような口調で褒めた。

「えらくこみいったシナリオだったからね」

「六百億の金が動く。おれたちは十億ずつ手に入るんだから、こんな苦労はどうってことない」とうそぶく真坂。

「タイミングに合わせて二回、手間どった。もう母親のほうはいつでも大丈夫なんだが、御前の時間がとれなくてね」

目の前で毛むくじゃらの手を握ってみせた。

「満足してくれればいいが」と山田が言った。

「御前は満足するよ。それは心配するな。それより山田、御前の健康が心配だ。矍《かく》鑠《しゃく》としてるようだが、ここ数日、気分が悪い時があるというじゃないか」

「総合病院の堀井に頼んで看護婦を来させている。強心剤を用意してな。万一の場合に備えて堀井も待機はさせているんだが」

「ああ、内科部長か。あいつにはこないだの相続問題では世話になった。死亡証明書の件でな」

「御前の死亡証明書も必要になるかもしれんぞ」

「八十七だからな、御前もあちこちガタがきてるのは仕方ない。今夜、満足して契約書にサインしてくれれば、あとはどうなろうと……」

　二人の男の声が低くなる。

「しかし山田、御前がいなくなればＭ資金のほうはどうなる。兆という金を誰が管理するんだ」

「さあ、分からん。それは御前とアメリカの連中の問題でね、周りの人間は何も知らされていない。アメリカの連中がそっくりどこかへ持ってゆくか、それとも誰か、日本の後継者に任せるか」

　パンパンという音がしたので三人は会話を打ちきって振り向いた。老人の膝の上にさっきの娘がうつ伏せにさせられ、スカートをまくられパンティを引き降ろされ、丸出しの尻をびしばしと平手で打ち叩かれている。

「フェラチオがヘタなのでお仕置きしてやっとるのだ。ほうほう、ふほお。これはまあプリプリしたいいケツだわ」

　老人の笑い声が百人のパーティでも出来そうな空間に響きわたった。

第十三章　母の調教日記

「ただいまー、あれ？　出かけるの？」

学校から帰った悠也は、母親の比紗絵が外出のいでたちをしているので驚いた。買い物とか、ちょっとその辺に、という服装ではない。シャネルっぽい紺のスーツをきちんと着こなし、黒いストッキング。襟元にはエルメスのスカーフ。

今日の母親の姿は息子の目にもどきっとするぐらい女っぽく魅力的に見える。そういう格好の時は「ご主人さま」から呼びつけられた時と決まっている。

母子がご主人さまと呼ぶのは真坂のことで、マイバッハの持ち主だ。迎えに来る車には別の人間が乗っていて、悠也はまだ真坂本人と顔を合わせたことがない。

「あら、間に合ってよかった。ご主人さまが『急だけど、時間が空いたから』って、お呼びの電話をくださったの。今、書き置きしておこうと思ってたところ。夕食は冷蔵庫のなかのお皿、温めて食べてね」

居間の机でメモ用紙にボールペンで何か書こうとしていた母親が振り返った。ふわりと漂っている官能的な香水の匂い。

「突然だね。まだ、中三日なのに……」

悠也は意外だという理由を口にした。

これまで〝ご主人さま〟なる人物は、ハードな調教から体調が回復する期間を見込んで最短でも五日は空けると決めていた。だいたい一週間に一度が目安だ。こんな短い間隔で呼びだされるのは異例なことだ。

「そうだけど、こないだの調教であと一歩だったから、間をおかないで勢いで仕上げたいとおっしゃるの。私も慣れてきたから、なか三日あれば体は大丈夫」

「じゃあ、今日で目標到達？　最終調教？」

「うまくゆけば……」

これまで長い時間をかけて受けてきた苦痛と忍耐がようやく結実する。しかし、その時の母親の姿を想像すると、悠也は性的な昂奮を覚えないわけにはゆかない。

「そうか……。うまくゆくといいね。でも、そうなったら……ぼくは待機していなければならない」

「そうなの。もしダメだったらごめんなさい」

これまでの二回、もう達成しそうだというので、悠也は胸をドキドキさせながら呼びだしの電話を待ち続けたのだが、結局、家を出ることはなかった。

「ママ……」

悠也が呻くような声を洩らしたので、

「え、なに？」

比紗絵はびっくりしたように目を丸くしてみせた。もともと丸い顔で、子供っぽい顔立ちなのだ。だから年齢よりずっと若く見え、Tシャツにジーンズという格好の時は悠也と一緒に歩いても姉ぐらいにしか見えないことがある。

最近はショートだった髪を長めにしてウエーブをかけ、今日のようにきちんと化粧をして洋服をつけると、熟女の艶麗さが匂いたつのだが、それでも彼女を三十前後と思いこむ男は少なくないだろう。それは彼女が小柄だということもある。

手首の内側につけた腕時計をチラと見て、「まだ十分ぐらいあるわね」と言った。

調教は真坂の田園町の邸宅で行われてきた。自転車なら家から二十分ぐらいの距離である。一度、悠也は地図で探して訪ねたことがある。巨大な城のような外見に驚いた。真坂は富豪なのだ。

「だったら、それまでに」

悠也はよい匂いのする体に近づき母の手をとった。制服のズボンの股間にあてがう。

「あらあら、せつないみたいね」

比紗絵は息子の分身器官の熱と膨張の度合いをさぐるように指を動かした。「せつない」というのは、二人の間では悠也の性欲がどれほど切迫しているかを指す言葉だ。

「ママがこれから最後の調教をされると思うと、やっぱりせつなくなる」

「じゃあ、手早く抜いてあげます」

比紗絵は食卓の上に置いてあったハンドバッグの中からコンドームを取りだした。彼女はデートする時、常に二、三個のコンドームを持ち歩いている。

「うん」

悠也は急いでズボンとトランクスを脱いだ。

「もう支度しちゃったから、上は脱がないわよ」

「うん、でも見せて」

上半身はTシャツ一枚、下半身はソックスだけという恰好で、まだ生まれたての鹿のように細い胴軀と四肢を持つ少年は居間のカーペットの上に仰向けになった。彼の分身器官は雄々しく屹立して、強い期待に茎身をうち震わせている。

「仕方ないわね」

比紗絵は呟くと、股間に屹立している赤銅色の逞しい器官にあわただしく薄いゴムをかぶせてから仰臥した十七歳の息子の足もとに立ち、渇望する目の前でシャネル風スーツの紺色のタイトスカートをたくし上げた。

スカートの下は裾回りにレースをたっぷり使った黒いスリップで、小柄なわりにはすんなりした脚部を包むストッキングは黒。

スリップごとスカートの裾が、あたかも演劇舞台の幕のごとくに持ち上がってゆくと、黒いナイロンが膝の上、腿の半ばで切れて、対照的に眩いほど白く、青い静脈を透かせて見せる大理石のような光沢を持った素肌が見えてくる。

（ああ、すごい。感じる……！）

悠也は母親の、ガーターストッキングを履いて見せる、あられもない姿態を見るのが好きだった。黒いガーターベルトのサスペンダーが太腿の側面にぴったり貼りつくようにして、ストッキングの上端を留め具でぴんと吊り上げている。その眺めがなんとも言えず扇情的で、視覚的に昂奮し、血が熱く滾《たぎ》り、強い勃起が惹きおこされる。

比紗絵は息子のそういう嗜好《しこう》をよく承知している。それは自分がそういう恰好をしていることをわざと悠也に教え、機会あるごとに見せつけてきたからで、そもそもは真坂の指導によるものだ。だから少年のフェティシズムというのは彼が植え付けたということになり、そういう性的な嗜好の偏《かたよ》りという部分まで真坂は実質的な影響を及ぼしている。

「……!」

慈しむような、それこそモナリザのようなあるかなしかの微笑を唇の辺に見せながら、比紗絵はタイトスカートの裾を太腿の上辺、もうそこは腰だという部分までたくし上げきった。今や悠也の網膜には二本の白い太腿が合わさる部分を覆っている黒い布の三角形が映っている。

「ああ、ママ、もう少し広げて」

男の子なら誰でも憧れる、パンティが秘部を覆っている状況がバッチリ見える眺め――パンモロの構図。熟女の熟れた下半身を包んでいるのはレースを多用した黒いパンティで臀部の膨らみをすっぽり包むフルサポートタイプ。下方から見上げると、布の二重になったクロッチの部分が秘裂に食い込んでいる部分にはくっきりと一本の溝が刻まれている。

それは彼女がもともとは濃かったこの部分の秘毛を頻繁に剃毛して、常に童女のようにツルツルにしているからで、そうすると薄い下着の布地は陰唇に密着しやすくなる。その結果、彼女のパンティには常に縦皺が刻みこまれるのだ。

真坂の命令はだんだん緩やかなものになってきてはいるが、いまだ比紗絵は息子が秘部に触れることを許していない。またパンティを脱いで、調教の中心部を見せることも厳禁している。これまで湯あがりの時に全裸にパンティを穿いて彼の前に立ったり座ったりして股を広げてくれる母親の前で、何度となく悠也は激しく欲情し、自分の指で勃起器官を刺激し、男の激情のしるしである白い液体を勢いよく噴きあげてきた。

それは誓約の初めの時から認められていた母と子の間の性の儀式の手順であった。

もっとも一番最初は脱いでもスリップあるいはキャミソール姿で、乳房を露出することは禁じられていた。それがパンティ一枚だけになったということは、やがてそれも脱ぎ、全裸になって女の秘密を宿す性愛器官のすべて、悠也がこの世に生まれ出てきたその部分をさらけ出すのを許されるのも、そう遠くないのではないか。

今日はスーツをきちんと着てしまった比紗絵は、タイトスカートを思いきりたくし上げて黒いパンティが秘裂に食い込んださまを見せつけながら、息子が若い欲望器官をしごきたて、たちまち絶頂に達してゆく姿を眺め降ろしていた。

「ああ、ママ……、イクッ！」

裸の下半身に痙攣が走り、爪先まで力が入って突っ張るようにして背と尻を浮かせた少年は、ドクドクと噴きあげた白い液でコンドームを満たした。

「あ、はう……ッ」

悠也が目のくらむようなオルガスムスの波に溺れ、ようやく我に返った時、すでに比紗絵は玄関に向かっていた。到着したマイバッハが軽くホーンを鳴らした。

「日記、読んでおいてね」

玄関のドアを閉める寸前、言葉が聞こえてきた。黒いマイバッハは彼女を連れ去った。

シャワーを浴びて、Tシャツとジーンズに着替えた悠也は、母親の寝室に向かった。小さな化粧机の上に小型のノートパソコンが置かれている。悠也はスツールに腰を降ろし、電源スイッチを入れた。

悠也が設定してやった母専用のパソコンは、起動すると自動的にブラウザソフトが立ちあがりインターネットのホームページが表示されるようになっている。それは比紗絵個人のホームページで、外部からアクセスできるのは、今のところ真坂だけである。

コメント機能を使って比紗絵と真坂は意志を伝達しあってきた。

比紗絵のホームページが画面に表示された。

《マゾ奴隷——比紗絵の部屋》

黒地に白抜きの文字、ところどころに赤い文字をちりばめたシンプルなデザインは、いかにも熟女のM奴隷にふさわしく淫靡な雰囲気を醸しだしている。

このホームページは非常に簡単な構成になっている。比紗絵、悠也、真坂の三人だけが閲覧するのだから、よけいなものはいっさいない。「コメント」というボタンと「日記」というボタン。

コメント欄は、主に真坂が、比紗絵が日記に書いたことに補足の説明を記し、次回の調教までの宿題のようなものを出したり、それに対する疑問、問われたことの返答などを比紗絵が書く。

日記のページは、比紗絵の日常の日記ではない。〝ご主人さま〟からどのような調教を受けたか、それだけを記す日記だ。だから、そのページには、《比紗絵の調教日誌》というタイトルが付けられて、ほぼ一週間の間隔をおいた日付が上下一列に並ぶ。一番上段には、三日前の日付が記されて、Ｎｅｗという文字が点滅していた。

（お、じゃあ、この前の調教の結果、書いたんだ……）

比紗絵は真坂の調教を受けて帰ってきたその日に日記を書くということは稀だ。たいてい三、四日して、印象や記憶がほぼ纏まった頃におもむろに書きだす。上手な文章とは言えないだろうが、簡潔なぶん、悠也にとっては想像力を刺激され、さらに妄想も広がる。

この世のどんなポルノグラフィを見せられたとしても、今の悠也にとって一番、自分の欲望を刺激する文書、それがこの日記だ。母親の文章だ。

悠也はさっそく最新の日付をクリックした。

灰色の地に黒い文字で、横書きの文章がさあッと表示されていった。悠也は胸をドキドキさせながらその文字を追ってゆく。さっき母親の目の前でしごきたて、若い分身器官からたっぷり白濁の液を噴きあげたというのに、数行読んだだけで萎えている肉が熱を帯び、膨張しはじめてくる。

《＊月＊＊日　調教九回目。

午後三時、ご主人さまのお邸に呼ばれる。

離れの調教室で調教をお受けした。

ご主人さまはいつもどおりの鞭からはじめられた。

ガーターベルトにストッキングだけの姿でチェーンブロックの鉤に両手を吊られて、まず後ろから鞭打ち。背中とお尻と太腿の裏に五十発をお受けしてから前から乳房、おなか、そしておま×こ。最後におま×こを直撃されてイってしまった。

私が充分に興奮していることが、腿から爪先まで濡らした愛液で確認されて、ようやく調教台に載せられた。

両手両足を固定され、仰向け大股開きの姿勢に。いよいよフィスティングの調教がはじまった。

まず直径五センチの特大バイブを挿入されて慣らしの拡張。最初の時は出血までしてようやく受け入れることができた特大バイブも今はやすやす根元まで受け入れることができる。

次に六・五センチの超特大バイブを使われて何度もイカさせていただく。六・五センチのものでも見た目には充分太いのだけれど、ご主人さまの拳を受け入れるためには最低でも直径十二センチのものを受け入れられなければならない。

不可能だと思ったけれど、悠也を生んだ時、私の膣口は直径十九センチぐらいまで開いたはずだという。もちろん子宮口も。それを考えると、十二センチなど楽なはずだし、現実にもご主人さまは二十人のマゾ奴隷にフィスティングを成功させている。

そのひとり、えつ子さんのは私がこの目で見たのだ。

私がまだ受けいれることができないのは恐怖と苦痛のせいだけど、それはフィスティングする側とされる側の意志の疎通ができないせいだ。マゾ奴隷が、ご主人さまを信頼すれば必ずできるはず。この前、私はあと一歩のところまで受け入れることができた。

　いよいよ、手をローションで充分に潤滑させ、私の膣口にはキシロカインゼリーを塗りこんでくださったご主人さまが、最初、二本の指から挿入を開始された。

　調教台の真上の天井には大きな鏡が貼られていて、私の全裸の姿が映しだされている。

　私のおま×この毛はきれいに剃毛してあるので、広げられた膣口から指が何本、どこまで入るか、私は見ることができる。膣は神経が少ないせいで、広げられ押し込まれる感覚はあるものの、正確なことは分からないのだ。

　ご主人さまの指は三本になり四本になり、最後は親指も含めて五本になり、強い力がかかってきた。

　私はいつものように「完全脱力」を命じられ、膣口と肛門の筋肉から完全に力を抜き、息を吐ききるようにして緩める運動を何度かさせられた。

「今日は前よりもラクだぞ。よし、もう少しだ。すでに十センチは広がっている」

　鏡で見ても、私のおま×こにご主人さまの指の付け根のギリギリの部分まで入っているのが分かる。

（ああ、もう少しで私は完全にご主人さまのものになる！）

そういう感激が湧いてきたけれど、膣の広がり具合はまったく私の意志とは無関係だ。ほとんどあと五ミリぐらいのところで強い痛みを覚え、私は耐えきれず、いつものように泣き叫んでしまった。そのことで括約筋に力が入ってしまい、もう一ミリも広がらなくなった、ご主人さまはあとわずかのところで諦めて今日のフィスティングはそこで終った。

ご主人さまが拳を引き抜くと、膣に溜まっていた愛液が栓を抜かれた壺から溢れ出すように床にジャーッと滴り落ちた。それがすごく嬉しく、同時に恥ずかしいのはいつもどおりだ。

「おれのフィストは他人よりでかいからなあ。これがおまえの息子だったら、とっくにラクラクと入っていただろう」

ご主人さまはそうおっしゃって、申し訳なくて泣いている私を慰めてくれた。

だからといってお仕置きはされないわけがない。最後に恐怖心を覚えて力が入ってしまったのは、私が百パーセント、ご主人さまを信頼していないからだとおっしゃって、ベッドでのお仕置きが開始された。

全裸で後ろ手革手錠をかけられ、うつ伏せにされ、お尻に強烈な鞭を頂戴した。

これはフィスティングで広がってしまった膣を締めつける作用があり、鞭を終えてから指を一本挿入されると、内側の粘膜はちゃんと締めつけるのだそうだ。私には分からないけれど、フィスティングによって私の膣が男性をふつうに受け入れて歓ばせられない体になってしまう心配がないことを教えられるこの後戯は、私にとって嬉しいことだ。

私のお尻が真っ赤に腫れ、血がにじむぐらいになるとご主人さまの興奮も最高潮に達したようだ。

全裸になりベッドの縁に腰かけたご主人さまの足の間に正座してご奉仕。喉の奥深くまで受け入れて私が吐き気をこらえるのに必死の顔がご主人さまを歓ばせる。

ふたたびベッドにうつ伏せにされ、おま×こを犯していただく。私はご主人さまに愛される感激で何度もイッた。

ご主人さまはいつもどおり私のその部分に射精はされず、一度引き抜いてからローションで潤滑されたアヌスを犯された。私はほとんど失神状態だったが、奥深くに射精してご満足いただいた。

汚れたペニスをお口でお清めしてから、ご褒美として大小のバイブを前と後ろ、両方に入れられて責めていただく。私は潮を噴いて何度も失神するほどの歓びを与えていただいた。

「あと何ミリというきわどいところだったから、今度の調教では絶対にフィストは成功する」

別れぎわ、ご主人さまはそう言って励ましてくださった。

私もその言葉を信じて、次回の調教に賭けたい。帰宅は八時半。夕食は悠也が作ってくれていた。彼には本当に感謝しなければ。私を理解してくれて、私たちの関係が円滑にゆくよう、ご主人さまの期待に添うように協力してくれている。

こんな息子に感謝すると同時に、非常な申し訳なさを感じてしまうのはいつものことだ。

ご主人さまはきっと、そんなことはおまえが心配することはないのだ、とおっしゃるだろうけど、やはりここまで息子を導いてしまった母親としての責任というものを私は考えてしまうのだ。》

「うーん、あと五ミリだったか……」

母親がウェブ上のホームページに書き記した三日前の調教内容を読み終え、悠也は母親のベッドの上にごろりと仰向けになって唸った。

彼の股間は今や支柱を立てて張ったテント状態だ。脳裏には「他人より大きいフィストー拳」を受け入れて泣き叫ぶ母親の姿が浮かんでは消えると、今さっき母親にしごかれ噴き上げたというのに、彼の欲望はぐらぐらと沸騰したようになってしまう。

(しかしなぁ、一カ月前には、ママがこういうふうになるとは夢にも思わなかった……)

悠也はついつい比紗絵から告白されたあの夜のことを思いださずにはいられない。母親のベッドで仰向けにされ、剝きだしにされたペニスを愛撫され、高く噴き上げたあとのことだ。

「ママは真坂という人から、どういう調教を受けるの?」

質問した息子にあらわな乳房を撫でたり揉んだりさせるがままの母親は答えた。

「フィスティングよ。フィストファックとも言うけど」

「え、何、それ……?」

「私も、さっき、えつ子さんがそれで気絶しちゃったのを見てきたところなんだけど……悠也に信じてもらえるかなあ」

きれいに拭ってやった息子のペニスは萎えている。それを優しく愛撫する母親は、少しためらってから言った。

「女の人の性器に手のこぶしを挿入して膣の奥深いところを強く刺激することよ。最初にそれを知らされた時は私も驚いたわ。そんなの初めて聞いたから」

しかし真坂はそれを、ベッドの上に仰向けにし、比紗絵に両手をしっかり押さえさせたえつ子の体でやってみせたのだ。

彼のごつい大きな握り拳が周囲をきれいに剃毛されたえつ子の秘唇を押しひろげ、膣口から押し込まれてゆく時、比紗絵は自分がそうされているような錯覚に陥り、実際、苦痛と快感を味わいながら下着をしとどに濡らしてしまった。

(そんなこと、不可能よ……!)

若い娘なら絶対にそう叫んだに違いない。しかしえつ子も比紗絵もお産を経験している。胎児は——悠也もそうだが、子宮から下ってきて膣という肉の筒を通り抜けてこの世に生みだされるのだ。胎児の頭はかなり大きい。それが通過するぐらい、子宮口から膣の襞粘膜は伸びるのだ。伸縮性に富んでいるのだ。

しかし、それにしても真坂の握り拳は大きく見えた。出産の経験がある比紗絵にしても「無理ではないか」と思うほどだった。

真坂は使い捨てのゴムの薄い手袋を右手に嵌め、潤滑ゼリーをたっぷり手につけ、膣口の周りにも塗りつけてから、指を二本揃えて挿入していった。

次に三本。そして四本……。

四本の揃えた指をぐりぐりこねまわすと、その段階でえつ子は半狂乱になって暴れまわった。苦痛はもちろんだが、同時に激しい快感を味わっているのは明らかだった。膣口からは大量の透明な愛液が溢れだし、ときどき尿道からも飛沫がしぶいた。

さっきまで自分に君臨し、ペニスバンドで男のように自分の性器を犯してくれたレズビアンの人妻が、今は真坂の握り拳で膣を責められ、悶え狂い、悩乱の叫び声をあげている。比紗絵にも信じられないほどの立場の急転換だ。

「おー、あうう、あうーッ、あああああ!」

息を呑んで見守る比紗絵の前で、過去五年来の知己であった息子の親友の母親の体に、五本の指をそろえ、鳥の嘴《くちばし》のようにして、それは婦人科で用いる膣鏡――クスコにそっくりの形状だが――のようにぐいぐいとえつ子の膣の入り口を広げながらめりこんでゆき、一番太くなる拳の先端部で少し手間取ったものの、ズブリという音をたてるようにしてぐいぐいと入りこんでいった。

「ぎゃあー、あううーうー、あああッ、死ぬ、死ぬ、ご主人さまあああッ!」

白目を剝くようにして凄絶な苦悶の顔を見せたえつ子は、絶叫をまき散らすと同時に大量の透明な液を尿道口からしぶかせた。網ストッキングに革の首輪をつけただけの裸身がシーツの上でエビのように反ったかと思うと、ふいに操り糸がすべて断ちきられた操り人形のようにガクッと脱力した。気絶したのだ。

「おやおや、しばらく調教してやらなかったら、これしきのことで気絶したか」

真坂は笑いながら、枕元のコップの水を顔にかけてやれと比紗絵に命令した。

すぐに意識をとり戻したえつ子は、それから二十分の間、絶叫し暴れまくり、何度も失神状態に陥った。すさまじいオルガスムスが彼女の体内で爆発しているのは明らかだった。最後は拳を埋めこんだまま真坂が何もしないのに、えつ子はイキ続けたのだ。

「分かったか。これが女の最終的に味わえる、究極の快楽だ。こいつだけはよほどの人間でないと味わわせてやれない」

それを聞いた瞬間、比紗絵は真坂の足元に土下座して、叫んだのだ。

「真坂さま。私を奴隷にして、調教してくださいませッ！」

「さっきも言っただろう。そのためにはおれの条件を受け入れることだ」

「もちろんです、何でもやります！」

しかし真坂が口にした言葉は、比紗絵を打ちのめした。

すべては息子の悠也の了承を受け、彼に経過を説明し、彼と最終的にセックスすることを約束しなければ、自分の奴隷にしない、調教もしてやらない——真坂はそう言ったのだ。マイバッハで送られて帰ってきた母親の目が、据わったようになっていた理由はそれだった。悠也がイヤだと言えば、比紗絵は真坂によって究極のオルガスムスを味わう道を諦めなければならない。自分の快楽のために息子の人生が狂いかねない要望をしていいものかどうか、その葛藤で苦しんでいる顔だったのだ。

（しかしそんなことをぼくに頼むママもヘンなママだし、ぼくもヘンな息子だよなぁ。あの時、ママのことを全部認めたんだから）

悠也は今でも自分の選択が正しかったのかどうか、迷う時がある。なぜならあの夜から母親と自分の関係は決定的に変わってしまった。もう母親に甘える息子ではいられなくなり、息子を慈しみ育てるだけの母親でもなくなった。

（自分の息子に「私はマゾヒストだから私のすることを許してほしい」などと言って、一週間に一度、その男とデートして、性器に握り拳を突き入れられる訓練を受けてくる母親。そこでどういうことをされたかすっかり書き記して息子に読ませる母親。

それを読んで興奮する息子。それに真坂という人だっておかしい。どうしてぼくが二人の関係すべてを知っていなきゃいけないんだ？　ぼくがどうしてママとセックスすることが必要なんだ？）

真坂の自分に対するこだわりかたが分からない。なぜ、最後に自分が登場しなければ

ばならないのか。それは、悠也が母親の望みを承認しやすくする、一つの餌だと思えば分からないことでもないが、

そんなことを思っていると、電話が鳴った。

「え?」

ドキッとした。

(まさか……)

時計を見ると、母親はとっくに真坂の調教を受けている時間だ。受話器を取る少年の手が震えた。

《もしもし、悠也くんかね》

深みのある、ずっしりした感じの声が聞こえてきた。鼓膜を震わせるだけでなく、脳まで震わすようだ。本能的に少年は、彼が母親を調教している相手、真坂だと悟った。

「そうです。あなたがママのご主人さまですか?」

《そうだよ。私だ。きみに約束を守ってもらうために電話した。今、比紗絵と替わろう》

二秒ほどの間があって、母親の声が聞こえてきた。声がかすれ、奇妙なトーンを帯

びている。たぶんかなり興奮している。自分が抑制できなくなっている状態かもしれない。

《もしもし、悠也さん……？　ママは、いえ女奴隷の比紗絵は診察台の上に縛られているの。ご主人さまの手は今、比紗絵のおま×この中に入る寸前。そうね……あと一ミリというところかしら。その段階でご主人さまはあなたのことを思いだしてくださったの》

つまり調教の最終段階、ぎりぎりのところなのだ。

「じゃあ、あとほんの少しで成功なんだね？」

《そうなの。その時の私の声をご主人さまは聞かせてあげるとおっしゃったの。恥ずかしいけれど聞いてくれる？》

つまり実況中継をするというわけだ。

「聞くよ、ママ、聞かせてもらう」

悠也が言うと同時に向こうからの音声が途絶えたようになった。切れたのではない。真坂がハンドセットを彼女の口から離したのだ。それをどこかに置く、コトリという音。

（この男は、ぼくに聞かせたいのだ）

悠也は初陣を待つ若武者のように、体がぶるぶると痙攣するのを押さえられなかった。ズボンの下ですさまじい勃起が再開した。

やがて、女の呻き声、いや、唸り声が聞こえてきた。

《あッ、あ、ご主人さま……、あうう、う、うッ、むむ……》

《いいぞ、あと僅かだ。もう一ミリもない最後のひと突きだ！》

真坂が押し殺した声で言い、

《嬉しい……》

比紗絵が呻き声に言葉を載せた。

《いくぞ》

《あうう、うーッ、あああ、あううぎゃあああー……ッ！》

女の口から噴きだすものすごい絶叫が悠也の鼓膜を打った。

《おお、ずぶりと入ったぞ。むむ……これは凄い。腕ごと肩まで引きこまれるようだ。聞いてるか、悠也くん。きみのママは今、完全に私のものとなった。自由自在になる私の一部分だな》

その声の背後から母親の絶叫し続けているのが聞こえる。高まり、低まって、それからまた高まり、「死ぬ」と叫んだきり沈黙が襲った。

「ママは大丈夫なんですか、もしもし！」

思わず金切り声になってしまう。真坂のバリトンが応答した。

《心配することはない。気絶しただけだ。最初のフィストファックを経験した女性は、たいてい気絶する。比紗絵はすごい潮を噴いた。おれの体はびしょ濡れだよ。……では、これからきみに約束を守ってもらう》

ごくり、と悠也は唾を呑み込んだ。

「最終調教が成功したら、ぼくがママとセックスする約束ですね」

「そのとおりだ。今迎えの車をやった。それに乗ってこっちに来てくれ」

電話は向こうから切れた。

第十四章　謀られた母子相姦

真坂がさし向けたマイバッハは十分後に深見家の門前に到着し、軽くホーンを鳴らした。

悠也が出てゆくと運転手の制帽をかぶった初老の男性が運転席を降りて、Tシャツにジーンズ、スニーカーの少年にうやうやしく挨拶した。

「深見悠也さまですね？　真坂社長の言いつけでお迎えに参りました」

「ありがとう」

豪華な内装の後部座席に据わると、そのゆったりした広さ、居心地のよさに驚かされた。動きだすとエンジンの音もほとんど聞こえないほど室内は静かだ。

しかし悠也は、座席の前に取り付けられた液晶テレビやセンターコンソールの仕掛けなどを触れて愉しむ気にはなれなかった。

（いよいよ、ママとセックスするんだ。そんなことができるんだろうか？　そもそもしていいことなのだろうか？）

親と子がセックスしてはいけないというタブーは世界に共通してある。人類の一番古いタブーとも言われている。

なのに日本では法律で禁じられていない。結婚だけが禁じられているだけだ。

あれからもずっとマザー・マドンナのサイト『聖母の雫』にはアクセスし、大勢の母親たちの、息子の性愛についての告白を読み続けてきた。

それらの書き込みが創作ではないとすれば、世の中には実に多くの母と子がセックスをし、性愛を愉しんでいる。

(どうしてこれがタブーなんだ？　いけないことなんだ？)

このサイトを読んでいるかぎり母と子のセックスなど当たり前のような気がしてくる。しないほうが不幸で不自然のような気がするから不思議だ。

「みんな愉しんでいるのに隠しているんです。それが不幸を招くのです」

マザー・マドンナはそう言いきって、会員たちに積極的に快楽の告白を促している。

会員たちも呼びかけに応じて、過激なカップルは驚くような行為に走るものもいる。

ふつうのセックスをこえて、アナルセックスもあれば、ＳＭプレイもある。

息子に自分を縛らせてレイプされたがる母親もいる。母親が息子をサディストに仕立てあげているのだ。

「母親だけの息子にしてはいけない」という趣旨で行われるグループセックス、交換セックス、三Pプレイもさかんだ。

「息子の童貞を奪って性の手ほどきをしてくださる母親を求めています」などというのは、もう珍しくない。ついでに自分とレズしてくれる相手まで求める母親もいるのだ。

そういう母親、息子たちを見てくると、自分がこれからやろうとしていることなど、ごく当たり前のように思えてしまう。マザー・マドンナは言うのだ。

「お互いが愛しあって相手を求めていれば、どんなことをしても許されるのです。間違いではありません」

毎晩、手や口を用いて彼の性欲を鎮めてくれる母親とは、そのことを何度も話しあった。比紗絵の心はご主人さまである真坂のほうに向いているから、息子の悩みについては上の空のところがあるが、比紗絵は根本のところで悠也のペニスを膣に受けいれることを嫌っていない。タブー意識も薄い。

「えつ子さんも言っているわ。史明くんの童貞は私が奪って、大人にしてあげるんだ、って」

あれからえつ子は家庭の秘密をもっと比紗絵に打ち明けるようになった。同じ真坂という男に調教される比紗絵に対しさらに親近感を覚えるようになったからだろう。

「まだ本当のことを言っていないけれど、悦史とはもう、しちゃってるのよ」

それを聞かされても比紗絵はあまり驚かなかったし、母親の口から聞かされた悠也も「やっぱり」と思ったぐらいだ。

えつ子という母親には、なにかこの世の倫理道徳の枠から完全に外れたところがあるように思える。それでいて悪徳にまみれた女というわけでもない。考えてみれば、えつ子は犯罪になるような行為は犯していないのだ。

えつ子からいろいろなことを吹き込まれた比紗絵は、もう悠也とのセックスはタブーでもなんでもなくなっているようだ。

(そりゃあママはいいよ。真坂さんという人に一途に燃えているから。ぼくは違うからなあ)

いろいろ迷っているうちにマイバッハは真坂吾郎の邸に到着した。運転手に案内されてエレベーターで一階にあがると、メイドの衣裳を着た若い娘が待っていた。

「深見悠也さんですね？　いらっしゃいませ。主人がお待ちですのでどうぞこちらへ……」

クラシックホテルのような内装の廊下を長々と歩かされて、行きどまりにあるドアに到達した。

「こちらをお入りになると階段になっております。降りたところに鉄の扉がございますから、それをノックしてくださいませ」

可愛い娘は魅力的なヒップを振りふり立ち去った。悠也は階段を降り、鉄の扉の前に立った。どうやら邸の財物をしまう地下倉庫らしい。

(とうとう来てしまった……)

悠也は深呼吸して鉄の扉を叩いた。頑丈な扉はすぐに内側から開かれた。バスローブを纏った大男が立ちはだかっていた。

「悠也くんか。まあ、入りたまえ」

はらわたが震えるようなバリトン。仁王か閻魔かと思う異相と巨軀、それに声に圧倒され、悠也は声をだすのも忘れた。

「あ、はい……。どうも」

入って周りを見回すと、周囲はコンクリートの打ちっぱなしの壁で、天井はひどく高い。黒幕がかかっていないだけで、全体の雰囲気は恋縄亭幻鬼のスタジオによく似ていた。足元は赤い塩ビのタイルシートが敷き詰められている。

「きみのママはあそこだ」

奥に足を踏み入れてゆくと、一画に備えつけられた調教台が見えた。天井からのスポットライトの光を浴びて照らしだされたそれは、婦人科の診察台によく似て、それをシンプルにしたビニールレザーのシートと鉄パイプで作られたものだ。色は真っ赤だ。

背もたれの部分が角度を変えられ、両手足の自由を拘束できる肘掛けや回転する足台が取りつけられている。

今、比紗絵は全裸で、フラットにされた調教台の上に、両手は左右に伸ばし、両足は大きく割り裂かれる形で仰向けにされていた。真坂のごつい手がめりこんだはずの女の神聖な部分は白いタオルで覆われていた。

全身の肌は眩しく輝くようで、それは西洋油彩の裸婦図を見るかのようだ。

しかし悠也は見た。調教台の股間の下にあたる塩ビタイルの床に水たまりが広がっているのを。

（ママの体から噴きだした液だ……）

それまでの調教報告から、自分の膣を強く圧迫されると、尿道から大量の液が噴出すると書かれていて、それを比紗絵は「よく分からないけれど匂いからしておしっこではない」と書いていた。

インターネットでいろいろ調べてみると、それは膣内のGスポットと呼ばれる部分を刺激されたことによる女性の射精現象だと分かった。通常、それは「潮吹き現象」と呼ばれ、性感が豊かで深い女性にみられると書いてある。

（ママは、えつ子さんに調教されるひと月前までは、自分は不感症だと嘆いていたのに、今はそれほどまでに感覚が磨かれたのか……）

男性は射精という一つのオルガスムスしか知らない。女性にはどうやら、さまざまな種類のオルガスムスがあって、どれも一様ではないらしい。悠也は失神するまでの快感を味わえる母親を、羨ましいと思った。

調教台に寝そべる姿勢の比紗絵は、手足と胴体を革のベルトで拘束されていなければ、湯上がりにうたた寝でもしているような穏やかな表情だった。うっすらと笑みさえ浮かべているように見える。

（きれいだ……！　ママは若返ってるよ）

さっき玄関の前で感じたのより以上に、息子は母親の瑞々しい官能美にうたれ、立ちすくんだ。これほどに艶やかな表情の母親を見たのは思い出せない昔のような気がする。

その時、調教台の向こうに人影が見えて、悠也はびっくりして視線をあげた。

（なんだ、鏡か、驚かすなよ）

壁の二面に大きな鏡が貼り付けてあった。一枚は悠也を驚かせたもので調教台を真横から見る形になっている。もう一枚は調教台の足もとのほうに向いた壁で、これは拘束された女が自分の体と秘部がどのようになっているか、それを見させるためのもののようだ。

ふいに比紗絵が目を開けた。息子が呆然と立っているのを見て、にっこりとほほ笑みかけた。

「悠也くん、来てくれたのね……」

「うん、ママ……」

十六歳の少年が母親のすぐ傍まで近づいた。

「ママ、今度はご主人さまのフィストを完全に受け入れることができたのよ」

「ぼくも電話で声だけ聞いた。気持ちよかった？」

「もう最高……。この世にこんな歓びがあったと初めて知った、そんな快感がずうっと続くのよ」

「よかったね。羨ましいよ」

「ありがとう。おかげで私、完全にご主人さまに支配されたという実感も得られた。

体の快感と心の快感、両方が一緒になると、それが……もう口では説明できない歓び。昇天して天国にゆくとはこのことだわ。もう死んでもいいという気持になった」

それから息子に呼びかけた。

「悠也くんにも知ってほしいわ。私がどのような快感を味わうか……」

息子は母親の言葉に目を丸くした。

「えッ、ぼくがママのフィスティングを？」

「ええ、いいでしょう？」

「それは、いいけど……」

「私が最終調教を終えたら、ご主人さまはこれまできみに禁止してきたことを全部、解除するという約束。セックスもするんだから当然よね。だからフィスティングもしてちょうだい……」

悪魔の声で誘惑されたように、悠也の脳から理性が失せていった。

「そこに箱があるでしょう。ゴムの手袋よ。それを嵌めて、そこのチューブからゼリーをいっぱい塗って……」

——母親の指示に従う声が、スピーカーを通じて狭く暗い密室に響く。

「ほうほう、ほうッ。おお、いい子だ。なかなかたくましい体をしているじゃないか。うん、あの母親に似合いだわい。おお、ふおッ、ふおッ」

鳥の啼くような笑い声をあげているのは、革張りの背もたれのついた肘掛け椅子にゆったり腰かけている「御前」と呼ばれていた老人だ。彼も真坂と同じようなバスローブ姿だ。

彼の目の前にはガラスの仕切りがあり、その向こう、一メートルのところに裸女が調教台に縛りつけられている。比紗絵だ。

鏡はハーフミラーで、暗いほうから見れば素通しのガラス、明るいほうから見れば鏡になる。この暗いほうの密室は、調教室で行われる行為を当人たちに知られず観察できる覗き部屋なのだ。

ごく狭い空間にはナースの白衣を着けた女がひとり。背後に控えている。最近になって不整脈が頻発する体調を懸念して、側近たちが手配した看護師だ。彼女は病院勤務の合間に真坂の経営する風俗店でデリバリーヘルス嬢として働いている。

だから鏡の向こうの行為を窃視している老人が白衣の裾をめくってパンティの下にまで指を突っ込み、さまざまな部分を撫で回しいじり回すのを嫌がっていない。いずれにせよこのアルバイトで多額の報酬を貰えるのだから。

「おお、美しい光景じゃないか、見ろ。息子が母親にキスしておる。舌をからめて唾を呑みあう情熱的な接吻だぞ。なかなか並の母子にはできんことだ。うう、おう、あーいい。天国で女神エロスがわが子キューピッドと愉しんでいるのもこういう図だろうな。ほうほう、ふおッ」

老人はナースの手をとって自分のバスローブの前をはだけ、股間へと導いた。彼女は驚いた声をだしてみせた。

「御前、これはなんでしょう？　なにか、ムクムクと大きくなっていますが」

「はは、これはオロチだ。眠れるオロチが目を覚ましているんだ。最近のオロチはこういう眺めでないと目が醒めない。実の母と子が愛しあう……。これぐらい美しい光景はないぞ」

「でも、実の親子ではないのでは？　演技してるのではありませんか？」

ナースが口にした不信の言葉を老人は笑いとばした。

「そうやって高い金をだましとる奴がいるから油断もすきもない。大丈夫、あの二人は実の母と息子。ＤＮＡ鑑定までして証明させておる。間違いない。しかも探偵までつけて二人の行動を監視し、一緒に暮らしている姿も撮影させて確かめている」

「はあー、そこまでやられたんですか」

ナースがからめた肉の器官はさらに硬度を増しながら膨らんでくる。それが充分な程度になったら、彼女の合図で真坂が用意した女が入ってくる。母と息子の結合を回春剤としながら、この老人は昇天したがっている。

（文字どおりの昇天にならなきゃいいけど）

看護師の心配はそこだ。老人の左手には血圧計が装着されていて、一分ごとの血圧と心拍数を液晶表示している。今のところまだ安全な範囲だが、昂奮が高まってきた時にどうなるか。御前につくのが初めてではないナースだが、自分がついている時に何か起きてほしくない。

「うん、思いだすわい。ああ、そうだ、あの女を見た時から、そう思ったんだ。気持ちよがっている時の顔はおふくろによく似ている。ああ、そうだ、そうだ。おふくろもああいう顔をしてかわいがってくれたものだ……」

その独り言を耳にしたナースは、なぜこの老人が最晩年になって母と子の近親相姦に執着するのか、ふと分かったような気がした。もちろんそんなことは誰の耳にも入れられない。御前の周辺で見聞きしたことは、絶対に誰にも口外できない。そういう誓いをさせられて、今ここに居られるのだ。

——鏡の向こうで痩軀の老人がナースと一緒にこちらを見ているとも知らず、悠也は母親の指示に従って肘のところまでキシロカイン・ゼリーを塗りたくった。

それから意を決して白いタオルをとる。自分を生み落とした器官の末端部、秘密の亀裂があからさまに視野にとびこんできた。

(何か、子供の口みたいだ。眠っていて少し半開きになって、涎をたらしている……)

秘毛が丁寧に剃りとられ、下腹部はツルツルと光り輝くような肌で、それが童女のように無垢で清潔な印象を強めている。

左右に対称形に展開した秘唇は薄いバラ色で、接吻したいほど唇に似ていた。

まじまじと自分の秘部を眺める息子を慈愛のまなざしで見つめる母親。

「まだ完全に縮んでいないから、悠也くんのフィストならラクに入るはず。さあ、入れてママを歓ばせて……」

悠也は背後から眺めている魁偉な男の存在を忘れた。世界は美しく可憐な母親と自分だけのものになった。

「ああ、あー、うッ、そう、そうよ。中で広げるようにして」

「痛いんじゃないの、ママ?」

「全然大丈夫よ。あー、気持ちいいから声がでちゃうの。はあはあ、はあ」

密室にスピーカーの音響がなまめかしい女の呻き声を二人の耳に伝える。

「おお、おおおお、ふおッ、ふおッ。これはいい、なんとまあ、親孝行な息子じゃないか。母親をあれほど歓ばせる息子はこの世にはいない。うん、そうだ、そう……そうやってもっと突っ込むのだ」

ナースは手元の携帯のボタンを押した。すぐに背後のドアが開いて、黒いパンティだけの若い娘が入ってきた。居間で尻を叩かれたのとは別の娘だ。

「失礼します」

ナースにチラと頷いてみせて、娘は老人の股間に跪いた。

「あらあら、お元気ですね。逞しい……」

嬉しそうな声をだして鎌首をもたげた蛇に似た器官を口に含んだ。

ハーフミラーの向こうでは少年の右手がすっぽりと母親の膣にめりこんだところだった。

「ああ、あーッ、悠也くん、最高……そうよ、もっと奥までズンズン突いて。ああーッ！　イク、イクううッ！」

壮絶な悲鳴をあげて調教台の上で汗まみれの裸身が跳ねる。豊かな乳房がぶるんとうち震え、顔を激しく左右に振るたび、汗のしずくがスポットライトの光を浴びながらダイヤの粒のようにきらめきながら宙を飛ぶ。

「おお、いいぞ、いいぞ」

昂奮した老人が掌を打ちならし、股間に顔を伏せている裸女の頭を叩いた。

「さあ、跨がれ」

黒いレースのパンティをつるりと脱いだ娘は、孫が祖父に抱かれるように向かい合いに、老人の股間に跨がり、屹立してきたペニスに添えた手で自分の秘裂へと導いた。

ナースも、当の娘も信じられないことだが、八十歳を過ぎた老人の欲望器官は塒《ねぐら》を見つけた動物のようにムリムリと濡れた器官へ入りこんでゆく。

「おお、これはいい。おお、そうだ、動くのだ」

若い娘のヌードが上下しはじめる。呻き声はしかし、スピーカーから聞こえる絶叫にかき消されてしまう。

ナースの眉がひそめられた。当然のことながら血圧と心拍数が上昇している。

「ああ、あうーッ！」

ひときわ甲高い絶叫をあげると同時に透明な液が噴きだして肘のところまでめりこませた悠也の首から肩にかけてをびっしょりと濡らした。

（わッ、潮吹きだ！）

母親の目はもう焦点を結んでいない。しかし狂気の顔ではない。全体的には陶酔しきった、悟りを開いた直後の釈迦にも似た温和な表情なのが不思議だ。激烈な感覚が膣をかき回しているというのに。

「ああ、悠也ーああッ、ママ、もうダメ……死ぬ」

そう叫ぶなりガクリと全身の力が抜けた。

(すごい、ぼくはママをイカせた。天国の快楽を味わわせて……)

その時の少年は、自分も凄い快感を得ていた。もちろん下着以外は何の刺激も得ていないが、自分がめりこませた腕が母親のすべてを支配しているという感覚に酔い痴れていたのだ。

少年はペニスを刺激しなくても性的な快美感を味わえることに驚いていた。その証拠に驚くほどのカウパー腺液が溢れて、ジーンズの上からでも失禁したようなシミが広がっているのだ。

「ママ……好きだよ」

腕を引き抜いてからぐったりしている母親をかき抱いて情熱的な接吻を浴びせる十六歳の少年。

膝に抱えた女体をどすどすと勢いよく上下させている老人が叫んだ。

「さあ、やれ、悠也。おまえを産んだ女とやるのだ！　二人して天国に行け！」

血圧と心拍数は危険なラインにぎりぎりだ。しかしナースもまた鏡の向こうで展開している母と息子の淫らな図に魅せられて、理性を痺れさせていた。

「悠也くん、さあ、きて。今度はきみが愉しむ番よ……」

比紗絵は息子の耳に囁いた。悠也は着ているものを全て脱いだ。

着衣の枷から解放された若い肉欲器官は真っ赤に充血した亀頭を濡れ光らせて下腹を打ち叩いた。

「ママ、いいの？」

「もちろん。ご主人さまとの約束だもの。約束がなくても欲しい。悠也くんが」

十年どころか二十年も、自分と同じ年代まで若返ったのではないかと錯覚するほど少女っぽく見える母親の両手を拘束していた革ベルトを外すと、悠也は高さを調節するハンドルを動かして調教台を低くした。

若い、ひきしまった肉が白いふくよかな肉にかぶさってゆき、獲物を目にして涎を垂らす猛獣を思わせる怒張器官が左右に羽根を広げた蝶を思わせる秘唇のあわいにあてがわれた。

「いくよ」

「きて……」

うわずった声をはりあげて息子の体を抱きしめる比紗絵。ぐいと力がこめられ、亀頭は熱く、濡れた粘膜のなかへ押し込まれた。

「あう」

のけ反る裸身。太腿に痙攣が走った。

（すごい。歓迎されている）

柔襞の粘膜が彼をくるみこみからみつき、奥へ奥へといざなうようだ。それは拳では感じ取れなかった繊細な動きである。深く深く自分を生みだした場所へ回帰しつつ少年はただ官能の歓びに酔いしれた。

「ママ……」

「感動よ、悠也くん……」

溶け合った二つの肉がごく自然にひとつのリズムを刻んで動きはじめた。最初はゆるやかに、次第に激しく、情熱的に。

いくつもの視線が汗にまみれ、喘ぎ、震え、悶え、呻く、抱きあう、接吻しあう裸身に浴びせられているのも知らずに。

「ああ、あうー、うううッ、おー……！」

「ママ、ああ、イク、イク……ッ！」

二つの口から絶叫が前後して迸り、肉と肉が痙攣しながら互いを打ちつけあった。

（すごい……！）

息を呑んで見守っていたナースは、ふと血圧計の数値を見て驚愕した。血圧は三十、心拍数はゼロ。

急激な心臓発作に襲われた老人は絶叫したのだろうが、それはスピーカーからの絶叫にまぎれてナースの耳には届かなかったのだ。

「大変！　ボス、ボス」

絶対点灯するなと言われていたスイッチを押した。

調教室のなかで、うち震える二つの肉に心を奪われていた真坂は、いきなり鏡が素通しのガラスになったのでサッとそちらを見た。ガクリと頭を落とした老人、その膝に跨がってまだ腰を動かしている裸女、気が狂ったように内側からハーフミラーを叩いているナース。それはまるで活人画のようだった。

エピローグ

『夢見山アーバンエステート』の社長室で、真坂吾郎は葉巻をくゆらせながら椅子に体を沈め、新聞の夕刊に目を走らせていた。

二つの記事が彼の関心をひいた。一つは次のような見出しだった。

《M資金の管理者？　謎の富豪死す》

記事は、夢見山在住の実業家、猪俣真之介《いのまたしんのすけ》なる人物が八十七歳という高齢で死亡したことを報じていた。正確な死亡日時、死因は公表されておらず、近親者だけで密葬をすませたのち、死の事実が関係者に通知されて分かったという。

《氏は第二次大戦中、陸軍憲兵大尉として上海に勤務、特務機関に移り日本の戦費調達工作にかかわったとされる。戦後は復員してのちGHQ（連合軍最高司令部）参謀第二部（通称G2）直属のキャノン機関工作員となり、国内での反共組織を結成したとされるが詳しいことは分かっていない。当時からキャノン大佐やG2部長のウィロビー将軍と親しく、昭和二十七年の講和によって占領が終ると、実業家に転じ、長く

『K興産』の経営者の地位にあった。その頃から経済界で囁かれるM資金（注＝占領時代に駐留軍高官が秘匿したとされる多額の資金を言う。本国に持ち帰られないため日本に残し闇の金融資金としたと言われる。一説によればその額は数兆円に達しているとも言われるが、「そういう資金は存在しない」という説もあり、M資金をめぐっては数々の経済事件が起きている）の実質的管理者ではないかと目されていた。氏のもとには政財界の大物が日参し「闇の日銀総裁」という異名も奉られていた。晩年は夢見山市の豪邸に隠棲したが、なおM資金めあての実業家虚業家の出入りが絶えなかったという。子供はいない。経済評論家如月《きさらぎ》右京《うきょう》氏は「猪俣氏が何も記録を残さなかったとすれば、M資金の真実はこれでいっそう、戦後史の暗い闇の奥に封印されたことになろう」と語っている。》

もう一つの記事は、死亡記事よりは大きく、センセーショナルに扱われていた。

《ベンチャービジネスの巨大プロジェクトが挫折、関係者に衝撃走る》

内容は、近年、オンラインの不動産取引で急成長してきた『Eエステート』社の島村光輝《みつてる》社長が推進してきた、小笠原諸島父島にカジノを作り、高速船を走らせて顧客を運び一大リゾートを建設するという「ブルーマリンプロジェクト」が、資金調達が難航したため、白紙に戻すことを今日、島村社長が記者会見して発表した。》というものだった。記者会見の席上の苦渋の表情の写真を見せているのは、先日、真坂の邸に御前――猪俣真之介に随行してきた若いほうの男だ。

「やれやれ」

葉巻を灰皿でひねり潰す真坂。彼は猪俣老人――御前から巨額の金を引きだす計画に加担して、うまくすれば島村から十億円の成功報酬を得られるはずだった。会社は粉飾決算、島村は借金まみれの身だ。当局や債権者たちから逃れるためには、当分国外に脱出することになるだろう。

「とらぬ狸の皮算用か……。まあ、おれはあの女が手に入ったから、それでもよしとするか……」

唸るようにひとり言を呟くと、社長室を出た。社員がすでに退社したオフィスをあとにして地下駐車場までエレベータで降りる。そこには黒塗りの大型サルーン、マイバッハが駐められていた。

帰宅時の交通ラッシュのなかを夢見山銀座へ向かった。ここは首都圏でも最も猥雑な歓楽街として知られる。実質的に真坂が経営している風俗店は十店舗以上ある。

それらの店を巡回するのが日課で、この夜、最後の店を出たのはもう深夜を回っていた。

真坂の運転するマイバッハはネオンの光がまばらになる場末に向かった。着いた先は「サンセット小路」という看板が渡された横丁だった。小路の入り口でマイバッハを駐め、小料理屋、赤ちょうちん、客が四、五人も入ればいっぱいになるバーがひしめいている道を巨体を揺するようにして歩いてゆく。容貌魁偉な男に恐れをなし、彼が夢見山の夜の帝王と呼ばれる人物だと知らない人間でも避けて通る。

やがて一軒のバーの前に来た。小さな文字で『ラ・コスト』と刻まれた表札がドアにかかっているだけで、看板らしい看板もなく、この界隈ではほとんど目立たない。もう営業を終えたような外見だが真坂は何のためらいもなくドアを開け、入っていった。

さほど変わりばえのしない小体な酒場だった。道路沿いの壁がわに六席ほどのカウンター、反対側の壁に二人席が二つ。カウンターの奥に四人席が一つ。

店内は暗く、ロックのスローバラードがかかっていた。

そういう音楽にはなじみのない真坂だが、今はキング・クリムゾンというグループの「エピタフ」だと知っている。彼がスカウトしたこの店のママが好む曲だ。

「ボス、いらっしゃいませ」

客は誰もいなくて、カウンターにポツンと座っていた女が立ち上がり、うやうやしく頭を下げた。彼女の前にはグラスとノートパソコンが置かれていた。

「うむ、どうだった、今夜は」

どすんと臀をスツールに降ろし、愛嬌が感じられる美人のママに訊く。

「まずまず忙しかったです。六組――四カップルとひとりのお客が二人。そのひとりはこの方でした。ボスによろしくと伝えて帰りましたが」

真坂は毛むくじゃらの手で名刺を受け取り、眺めた。

《幻鬼プロ　恋縄亭幻鬼》

「ふん、そうか」

真坂は唸った。約束した報酬は払ってやらないといけない。年増になって引退したAV女優を雇って作らせた「人妻・真沙美の調教記録」というDVD製作費を。ただしその女優はかつて真坂の調教を受けてM女として働いていたこともある。

（あの坊やはまるまる信じたろうが、おれもまるまる嘘を作らせたわけじゃない。女が歓ぶところはホンモノだ）

そんなDVDを息子が隠し持っていることを、目の前にいる比紗絵は知らない。

究極のオルガスムスを与えられて真坂の奴隷となることを誓わされた未亡人は、真坂の裏の事業のなかに組み込まれている。『ブーケ』は湯原啓子に譲渡したのだ。

彼女のために真坂は、前のオーナーが手放した『ラ・コスト』を居抜きで買い取った。開店したのは三日前だ。

前の店では賭事が好きなオーナーが自分の愛人をカウンターの中に入れて接客させていたが、同じように賭事が好きな客を相手にストリップ・ポーカーをやるので評判になった。金を賭けるのではない、連れていった女と彼の愛人を賭けるのだ。

オーナーの愛人は何人も変わったが――そのうちの二、三人は巨額な賭けに負けて奪われたといわれるが――みなマゾの気が強い女で、負けるたびに一枚ずつ脱いでゆくというルールに臆することがなかった。

大勢のギャンブラーが女たちを連れてやってきて、ここは非常に賑わった。真坂も常連だった時期があった。

そのことが警察やマスコミにも知れてきて、営業が難しくなってきたので、オーナーは真坂に店を買ってくれと言ってきたのだ。比紗絵を手に入れたらどうするか考えていた真坂は、言いなりの金額を現金で払ってやった。

比紗絵はなんのためらいもなく『ブーケ』を捨て、真坂の言いなりに場末の酒場のママになった。彼女にこの店をどのように切り回させるか、まだ方針は定まってはいないが、いずれ「マゾの美女ママ」という噂を広めさせて、好き者の男たちを蜜にたかる昆虫のように呼び集めようと考えている。

まじまじと支配者に見つめられて未亡人は少し決まり悪そうに体をすくめた。彼女のドレスは真坂の命令で着けさせられている。薄手の黒いナイロンで作られたノースリーブのシンプルなロングドレス。胸も腕も肩も露わで腰まで切れ込んだスリットがある。近づいてよく見れば、薄い同色のブラジャー、ガーターベルト、ショーツ、黒いストッキングが透けて見える。たいていの男の血を熱くする衣裳だ。

「よく似合うな。そうだ、チョーカーをするともっといいな。買ってやろう。ダイヤのついた革のチョーカーだ」

目をカウンターの上のノートパソコンにやる。

「ここで坊や――悠也の部屋が見られるようになったか」

「ええ、おかげさまで」

比紗絵の優雅な指がマウスを握り、数回クリックした。液晶画面に画像が映った。カラーの動画だ。動きがややぎこちないが、映っているのは男と女、少年と少女。

真坂が調教をはじめた時「おれの最終調教までセックスは禁止だ」という命令が遵守されるかどうか」と言って、知りあいの業者に命じて防犯用の監視カメラを深見家のあちこちにとりつけたのだ。そのことは比紗絵は知っていたが悠也は知らない。カメラは超小型で、カメラ自体に無線サーバーがついているので、屋外のルーターを通じてインターネット回線につながる。

真坂は最終調教が終ってから、比紗絵にそのシステムを使わせている。息子が自分の留守ちゅう、何をしているかは母親の関心事でもあるから、比紗絵はときどき、これを使って息子の行動を観察しているのだ。

「この女の子は誰だよ」

怪訝そうな顔の真坂に比紗絵は笑いかけた。

「女の子じゃないんです。えつ子さんの息子の史明くんです」

「へえ、あの子、ここまで女の子になるのか」

自分の部屋のベッドで、悠也は全裸で仰臥し、その股間に顔を伏せている史明は白いキャミソールにパンティという、かつて比紗絵が初めて見た時と同じような痴態を繰り広げている。

「そうなんです。えつ子さんが許してるものだから、どんどんエスカレートしていって。私も最初は悠也が影響されると思って心配したけれど、まあゲイになりそうはないので、今は黙認しているんですよ」

「ふむ……これだけ女の子に化けるとおれだってヘンな気持になる」

母親と母親の性的支配者に見つめられているとは知らず、悠也は四つんばいにさせた偽装の美少女を組み敷き、アナルセックスに耽りだした。

「えつ子さんはえつ子さんで、私と悠也を呼んで4Pをしたいと言うのですよ」

「そうか。それは面白そうだな。見させてもらいたいもんだ」

二人の母親と二人の息子が入り乱れる性の饗宴はDVDにしたら、『聖母の雫』に会員登録している連中は喜んで買うだろう。

マザー・マドンナという女にも資金提供している真坂は、頭のなかで計算していた。えつ子はマザー・マドンナの正体を知っている。昔、SMクラブで働いていた時の仲間だ。ただし史明は知らない。もちろん悠也も。史明はえつ子の命令で悠也に『聖母の雫』のことを教えるよう言われただけだ。

真坂は葉巻を灰皿にひねり潰した。少年たちの交歓が彼の欲望を刺激した。

「少し可愛がってやろう」

上着を脱ぎ、ネクタイを緩めると、黒いスリップドレスの女は嬉しそうに笑い、いそいそとドアの内鍵をかけ、店内の照明をさらに暗くした。

ストッキングだけの全裸になってカウンターの上に仰臥した美しい未亡人は、やがて絶叫し、気を失う。女と生まれてこの世で味わう最高の至福に酔って――。

二見文庫

母《はは》の寝室《しんしつ》

著者　館《たて》 淳一《じゅんいち》

発行所　株式会社 二見書房
東京都千代田区三崎町2-18-11
電話 03(3515)2311［営業］
03(3515)2314［編集］
振替 00170-4-2639

印刷　株式会社 堀内印刷所
製本　村上製本

落丁・乱丁本はお取り替えいたします。
定価は、カバーに表示してあります。

ISBN978-4-576-06059-0
http://www.futami.co.jp/

二見文庫の既刊本

教授夫人の素顔

Tate,Junichi
館 淳一

私立探偵の猿田は、大学教授の藤崎から、妻・奈緒美の素行調査を依頼される。そこで目撃したのは、名誉も地位もあり、何不自由ない暮らしをしているはずの教授夫人の意外な姿だった。一方、前妻の連れ子・瑛一も好奇心と欲望のおもむくまま、未知の世界へと足を踏み入れようとしていた……。官能のあらゆる要素が詰め込まれた書下しノベル。